GOBOOKS & SITAK GROUP©

三日月書版

三日月書版

焚情熾

焚心

三日月書版
BL025

墨竹——著

目次

第一章 009
第二章 028
第三章 043
第四章 061
第五章 081

第六章 108
第七章 134
第八章 157
第九章 180
第十章 199
尾聲 220
番外 山木有枝 226

1

在許多許多年以前，棲梧本是一座空中城池，直到有一天，支撐棲梧的古老神木被一場大火點燃，燒了乾乾淨淨，才改建成如今的模樣。

那棵被燒燬的神木叫作梧桐，就像在東海中負載著千水之城的日月神貝一樣，是與天地共生的神物。

而和梧桐一起被燒成灰燼的，還有火族負責守護神木的長老。

長老在狂猛烈火之中，指著聖君祝融說：「你的兒子，會毀天滅地……」

就在梧桐燒盡的時刻，靈翹公主產下了火族從未有過的雙生子，於是毀天滅地的預言，就應驗在了雙生子中的皇子身上。

「人人只當預言落在翔離身上，根本沒想到父皇另一個遠在北方征戰蠻族的兒子。」雲夢山上，熾翼嘲諷地笑了一笑，「其實那個時候，我就在不遠的地方看著，看著梧桐被紅蓮之火燒成灰燼。」

「什麼？」紅綃低呼了一聲，「你為什麼那麼做？」

「為了什麼？當然是因為……」熾翼目光中閃過一絲悵然，當然那只是在一瞬間，然後他又用那種漫不經心的表情和語氣說道，「因為出現了浴火的先兆，所以我私下回到棲梧，可是護祐火族涅槃的神木梧桐，卻拒絕護我重生。我那時年少氣盛，脾氣不是很好，一怒之下就放火燒了那根冥頑不靈的木頭。」

曾經聽人說過，早年熾翼性情乖張至極，喜怒無常不可測度。那時的他征戰千年，將半數天地納入火族版圖，卻被指稱是禍亂天地的根源，如果真是如此，也怨不得他會一把火燒光了支撐棲梧的神木。

「我聽說過，據說那場火整整燒了七個晝夜，將天空燒成了紅色。」紅綃冷冷哂笑，「不愧是赤皇，就連生個氣也如此驚天動地。」

「我答應過靈翹公主，只要有我熾翼一天，就要保全妳和翔離兩人平安。」熾翼抬起頭，遙望著天空，「但是比起諾言，我有更重要的……」

那時他裝作趕回城中，答應了靈翹公主彌留之時的苦苦哀求，名正言順地為那一雙剛出生的弟妹求情，也名正言順地將自己撇得一乾二淨。

「所以，你一直覺得虧欠了我和翔離？」

「我是虧欠了你們，不過你們又有沒有為我想過？」熾翼瞥了紅綃一眼，其中的冷漠讓紅綃的心越發冰涼，「若是當時坦言相告，父皇必定會下令將我處死。那麼然後呢？然後妳就不用去西蠻，翔離不用困在不周山，到今日就天不破地不斜，世上風調雨順，水火兩族永遠相安無事？」

紅綃許久說不出話來。

熾翼站了起來，轉身走回她的身旁。紅綃只覺讓人窒息的熱氣迎面而來，偏偏她又無法動彈，只能稍稍往後仰了一些。

「我曾經問過東溟帝君，若是有一天神族覆滅，這世間將會何去何從？」熾翼以袖掩面，發出一陣低笑，「他那時告訴我，不是有一天，而是神族終究要步入滅亡。神族得以生息繁衍，全仗世間陰陽平衡有序，而神木梧桐焚燬，便是天地失衡之始。妳說可笑不可笑，這麼久以來，我一直有心擺脫那無稽的預言，甚至以為自己成功了，可是到後來，才發現是被愚弄了。」

「所以你一直以來百般縱容太淵，本是想要讓他代替你，變成預言中的罪人，對不對？」

「為什麼不呢？太淵聰明絕頂又有野心，最重要的是，他痴戀於我。」熾翼放下衣袖，「我什麼都不用做，只須站在那裡，只須讓他伸手難及……」

「你只須那麼做了，就有那樣的傻瓜，會為你毀滅了天地？」一個聲音接著說了下去。

「不是嗎？」熾翼懶懶揚眉，「難道你要告訴我，你是看中了天地共主的位置？

還是你想說，你是為了紅綃？」

「太淵！」若是此刻能夠移動，恐怕紅綃早已跳了起來。她一臉的乍然驚喜，幾近哭泣地說著，「你總算是來了！」

太淵一步步地，慢慢地走了過來。

「太淵，你總算是來了。」說著同樣的話，熾翼的表情卻和紅綃天差地遠，「我不在的日子，你可是發了瘋地想我？」

「你讓依妍把我引來，就是為了問我這個？」太淵垂眸斂目，嘴角淺笑猶在，「那麼赤皇大人，我真是想你想到快要發瘋了，這答案可如您所願？」

「依妍嗎？」熾翼嘆了口氣，「太淵，你信不信剛才聽到的那些話？」

「是說您為了擺脫滅世預言，可能暗中扶持我一事？」太淵故作沉吟，「說實話，我一直覺得自己贏得太過輕鬆，現在才明白原由所在。只是我想不通，您明知我可能何於左右，為何如此毫無顧忌地說了出來？」

「是啊！我知道你終究會來，不論是不是有人對你說了什麼，你始終會來的。

你來得這麼快，我應該是很開心……」熾翼點了點頭，「如果我現在告訴你，雖然我的確有別有用心，但我……我對你真是有情，你可相信？」

「信！我當然信！」太淵展開玉骨摺扇，「太淵怎敢不信？只是得蒙赤皇大人垂青，一時之間驚惶失態罷了！」

看他面色發青，指節泛白，這副樣子何止不信，完全是將自己恨之入骨了。也該如此，這愛鑽牛角尖的傢伙本來就心胸狹隘，疑心極重，只許他自己陰謀詭計，絕對容不得別人設計欺瞞……

「好，你信我就好。」熾翼答時笑容倦怠，臉色一片慘白。

「紅綃，妳沒事吧？」太淵把紅綃上上下下打量了一番。

「她很好，不過你最好別再過來了。」一旁的熾翼嘴角微微勾起，「紅綃也不希望你過來，對不對？」

紅綃此刻已然從見到太淵的歡喜中回過神，僵直著身子不敢轉身，下意識地用寬闊衣衫遮掩住了腰腹。看到她這樣的舉動，熾翼唇畔的笑意更深了。

「熾翼，我知道你想做什麼，你無非是想要復興火族。」太淵用摺扇半擋在面前，只露出了銳利的雙眼，「可是你想倚仗什麼呢，紅綃的性命嗎？」

「你知道我要做什麼？」熾翼挑眉問道，「你倒是說來聽聽，你覺得我想做什麼？」

「雲夢山上諸神無力，你把我引來這裡，心中定然有你的打算。」太淵的聲音無比柔和，宛如深情低語一般，「熾翼，我毀你火族，你恨而報復自是理所應當，但紅綃畢竟是你的妹妹。世上存留的火族寥寥，縱使她有對不住你的地方，你也不會對她如何的，是不是？」

「原來說來說去，你還是在擔心你的心上人啊！」熾翼的聲音冷淡而疏遠，「擔心也沒用，換了從前我還有所顧忌，可現在我想對她怎樣就怎樣，什麼都不用多想了。」

「熾翼，你要知道今非昔比。」太淵的神情陰冷起來，「天地之間有了新的秩序，半神居於天庭，凡人活在地上，幽魂歸至黃泉，神族早成了湮滅的傳說。天地一分為三，早已不是當初神族統治的天地，就算你今天殺了我，火族也無法回復往日的風光。」

「所以呢？」熾翼笑著反問，「你是想要告訴我，除了依附你太淵之外，我再沒有別的路好走了？」

太淵沒有回答。

「如果我接受你的好意，那然後呢？在我不得不依附你之後，你準備怎麼對待我？」熾翼又問，「你能告訴所有人，這些年來我和你是什麼樣的關係嗎？」

太淵目光閃爍，「你我之間的事情，何須讓外人知曉？」

熾翼露出了「我就知道是這樣」的表情。

「不知赤皇大人和七公子之間發生了什麼樣的事情？」另一個聲音在太淵身後響起，「我倒是很有興趣知道。」

「北鎮師大人也來了。」

「如此重要的時刻，我豈能夠缺席？」青鱗錦衣玉帶，如同散步一般緩緩登上山巔。

「原來是青鱗族長，真是許久不見。」熾翼不慌不忙，索性坐到了紅綃身後的巨石上，「天敵已去，想必你這些年活得輕鬆自在。」

青鱗面色微變，陰冷一笑：「還不是要多謝赤皇大人，火族令我族人盡殆，替我省卻了許多煩惱。」

「青鱗一族對火族來說是罕有美味，當年我父皇有心圈地而養。在我看來，過於耽溺口腹之欲，便擺脫不了先天獸性。」熾翼衣袖一擺，恍如談論天氣一般，「所以我才舉兵進犯，滅了青鱗一族，以絕父皇心思。」

「那我還要感謝你的趕盡殺絕了？」青鱗袖中雙手緊握，面上微笑，卻是帶著扭曲憤恨。

「哎！」太淵伸手攔在他的面前，「青鱗大人，怎麼說了幾句，就動了氣呢？」

青鱗目光在三人之間轉過一圈，「哼！也罷，我倒要看看他怎麼收拾這副殘局。」

山巔地勢陡峭狹小，他索性往後退開幾步，站在懸崖邊緣，擺出一副旁觀的架式。

「好吧！」熾翼撩起紅綃的長髮，「也該是時候開始了。」

開始什麼？

太淵正要詢問，突然眼角閃過一道紅光。

他一時反應不及，只是望著越來越多的光芒傻了眼。

術法之光！但是這裡是雲夢山……

耳邊傳來青鱗的聲音，「是陣式！」

「不可能！」太淵反駁。

「何謂可能？又何謂不可能？」青鱗心境大好，「列陣本就是千變萬化，不求形而重於神，虧得七公子對《虛無殘卷》解讀頗深，怎麼連這麼基本的道理都不知道？」

「這裡是雲夢山，無法借天地神力護祐，哪裡可能列出陣式？」

「我原以為七公子你在裝糊塗，此刻看來卻又不像。」青鱗退後半步，笑著問，「七公子可記得《虛無殘卷》有一段，那無神、無靈、無氣息之說？」

列於山川淵瀾，地脈靈氣彙聚之所，惟或反之其極，於無神、無靈、無氣息處，則成千古寂滅。

「則成千古寂滅……」幾乎是青鱗提及，太淵立即想到了這段話。

這一段他早已通讀，不過對「千古寂滅」一詞，心中卻反覆疑惑，難以定論。

「我似乎忘了告知七公子，青鱗一族歷有族訓，《虛無殘卷》無一字贅言，每一句皆有講究。」青鱗望了望腳下光芒，「我方才一路走來，看到山勢錯落改動，就知別有玄機。沒想熾翼竟能利用煩惱海，設下了如此精妙的陣式。」

太淵心中大大一驚。

他剛才一路走來，只想著如何與熾翼周旋，根本沒有費心觀察四周。不論他思慮萬千，也想不到熾翼竟有這樣的本事，能在煩惱海中、雲夢山上列出陣式。

「所謂千古寂滅，到底是怎麼回事？」不是他不夠冷靜，實在是這個詞語叫人聽了就覺不安。

「孤山孤水，無神無靈，這才是寂滅精髓所在。」青鱗滿臉複雜的神情。

「他是想殺了你我，還是要殺了紅綃？」

青鱗搖了搖頭，又點了點頭，最後又搖頭。太淵看他態度曖昧，心中越發焦急，一時恨意陡生。

越來越多豔麗紅光，如同一層層透明絲絹，將熾翼和紅綃包裹其中。

「啊——」

聽到紅綃驚呼，太淵緊繃的心猛地一跳。但是他更清楚，身處在這莫測的陣式之中，最穩妥的辦法還是靜觀其變，縱然心急如焚，他也不敢輕舉妄動。

「熾翼。」既然不能動，他就只能用說的，「紅綃有孕在身，不如你讓我過去，換她過來可好？畢竟比起她，你心中還是更加恨我吧！」

此話一出，紅綃頓時臉色煞白，差點癱軟在了地上。

「你以為他不知道？他可不是共工，妳那小小手段，根本不在他的眼裡。」熾翼嘆了口氣，「妳或許是瞞過了他一時，可怎麼能指望瞞到現在？」

「紅綃，妳別怕。」太淵用誠懇的目光望著她，「我知道妳並非自願，這孩子也是無辜……」

熾翼笑了起來，打斷了他對紅綃的安撫。

「不錯，我太糊塗了。」紅綃護著腹部，面色一片慘白，冷汗涔涔而下，「我的孩子……赤皇大人，你可是想對我的孩子做些什麼？」

她腹中突然疼痛難忍，恐怕就是熾翼動了手腳。

「若是這孩子存活下來，你們之間的關係倒是有趣。」熾翼一手拉起紅綃，讓她隆起的腹部暴露於太淵眼中，「紅綃，太淵說他不介意妳腹中懷著共工的孩子，也不介意妳把這孩子生下來，妳信不信？」

「我……」紅綃的目光在兩人之間轉來轉去，「我信……」

「妳肚子裡的孩子，融合了水火兩族王者的血脈，也許是這世界新的主人。」

他俯到紅綃耳邊，用只有他們兩個人能聽到的聲音說，「所以，太淵容不下他，而我……更容不下他。」

「不……你不會……」紅綃打著顫，幾乎連話都說不清楚，「你到底要做什麼？你到底要對我的孩子做什麼！」

「他飲食我的鮮血為生，我要的不多，只要他把那些血還我就好。」

紅綃這些年為了護住胎兒，不知喝了熾翼多少鮮血，此刻熾翼說這句話，顯然是要她腹中孩子的性命。

「不行！」紅綃情急之下，也不知道從哪裡生出一股力氣，竟然從熾翼手中掙脫出來，朝著太淵的方向跑去。

熾翼並沒阻止，只是冷眼望著。

沒跑出幾步，紅綃發出一聲尖叫，捂著肚子倒在地上。

「紅綃，我並不是在問妳的意願。」熾翼慢慢走到她身邊，袖中滑出的紅色長綾纏在她脖子上纏繞了一圈，「就好像妳取我鮮血的時候，也沒有問過我一聲。」

「熾翼！」太淵的聲音隱含威脅。

「太淵，換作別的事，我說不定就依了你。」熾翼輕輕提起雙手，紅綃頭上長綾隨之收緊，「這事卻不行。我也是為了大家著想，紅綃和她腹中的孩子，最好不要繼續留在這世上。」

紅綃張著嘴，喉中發出「咯咯」的聲音，眼睛布滿了紅絲。

「你快放開她。」太淵臉色鐵青，「熾翼，不要逼我。」

「你知道的，我最喜歡做的就是逼迫別人。」熾翼不緊不慢地把長綾打成結，在紅綃頸上再繞過一圈，「要我放了紅綃也行，你只要回答我一個問題。」

「什麼問題？」

熾翼低著頭，看著手裡的紅綾：「你心裡愛的，是我還是紅綃？」

太淵皺著眉頭，半晌才慢慢地說：「我愛的，始終只有紅綃一個人。」

熾翼的手慢慢鬆開，四周的紅色光芒，也隨之暗淡許多。

一切突然陷入了詭譎的寂靜之中，這時，青鱗動了。

青鱗站在崖邊，看似袖手旁觀，其實一直在等機會。

畢竟他浸淫此道多年，對於陣法的心得遠勝太淵，所以從一開始，他就看出這寂滅之陣存有破綻。

大凡陣法都講究九死一生之局，取的是生死相依之意。虛無之中定死生，不論多麼險惡的陣式，都要留下至少一處生門，方能平衡其中虛無之力。太淵當年列誅神陣之所以會被反噬，便是因為強行封住了生門所致。

寂滅之陣卻是不同，它本身是沒有生門的陣式，講究天衣無縫的布局，所以要破陣實在艱難之至。反之，若是找到一絲破綻，破陣也就易如反掌。

雖然和熾翼之間仇深似海，方才一眼望過陣式，青鱗還是不由得感嘆。熾翼的本領，實在是難以揣度。只可惜，如果眼前的熾翼還是當年的赤皇，那麼這寂滅之陣才是真正完美無缺。

青鱗等的，就是操控陣式的熾翼鬆懈的剎那。當熾翼因為太淵的回答動搖，他立時拔出暗藏袖中的玉劍，迎面刺了過去。

太淵沒有動。

他不如青鱗瞭解這個陣式，但是他回答熾翼的那句話，用意和青鱗相同。只有動搖熾翼，才可能扭轉局勢。

當他看到青鱗動了，當他看到一把玉劍從熾翼的肩頭刺入，再帶著鮮紅透背而出的時候，也沒有多麼意外，只是有些刺眼。那青熒熒、不沾半點血色的劍身，和微微映紅的金色華衣，在他看來都有些刺眼。

青鱗雖然一擊即中，卻被熾翼及時側身避開要害，就連劍身也被熾翼抓在手中。眼見熾翼鮮血濺在地上，紅芒頓時轉盛，不論他此刻心裡再怎麼覺得可惜，也只能鬆手後退。

尖利的劍刃嵌在緊握的手掌之中，熾翼卻恍然不覺，他把劍從肩頭抽出，隨手扔到地上。他眼中看著的，還是太淵。

「但願，你永遠記得今天對我說的這一句話。」他頓了頓，微笑著說：「太淵，我不會忘記，你也不會忘記的。」

光芒漸漸阻隔了兩人，此時抬起頭來的紅綃看見了熾翼微微蹙起了眉頭。只是那麼細微的一個動作，他做起來卻像是包含了無盡的倦怠和無奈。

紅綃覺得自己可能是因為窒息而產生了幻覺，她不能相信，那種如影隨形的狂肆驕傲，竟在剎那之間從熾翼身上消失得乾乾淨淨。

熾翼此刻的神情，就像是她曾經見到過，那些因為厭倦了無盡的生命，而……

「你……」她駭然說道：「你瘋了！」

「不是妳想的那樣。」熾翼搖了搖頭，「這都是註定的，非我所能掌控。從我出生開始，便註定了有這樣的一天。」

「你到底……是為了什麼？」

「雖然我和他可以夜夜同床共枕，日日形影相隨，可畢竟阻隔重重，心不能相通……所以，也只能走到這裡。」

紅綃瞪大了眼睛。

「紅綃，只能對不起妳了，我本來也不想這麼做的。」熾翼俯下身，在她耳邊輕柔地說：「可是我給太淵的東西，永遠只能屬於太淵，任何人都不能搶走。」

「我知道了。」青鱗突然大笑出聲，「我知道他想做什麼了！」

「什麼？」

「怪不得要布千古寂滅之陣。」青鱗笑著說道，「熾翼果然又狠又絕，連這種辦法都想得出來！」

「你說清楚！」太淵解下腰間的佩劍。

「雖然我不明白為什麼，但顯然要讓水火相容，就連熾翼都覺得困難。」青鱗別有用意地說：「看來比起你或者紅綃，熾翼更看重這個還沒出生的孩子。」

2

妳想真正懷上水神的孩子？不是我做不到，不過妳要知道，逆天而行的代價非同一般……

紅綃恍恍惚惚地，突然想起東溟說過的那番話。

非同一般的代價嗎？那個時候，怎麼還會在乎代價？懷上這個孩子的時候，朦朦朧朧地有了預感，這孩子擁有無比強大的力量。他不是單純的水族，也不是單純的火族……他會是這個世界新的主宰。

這是命運的安排，命運註定自己會孕育新世界唯一的神祇。所以，要生下來！只有這個孩子了，只有他才能讓所有人知道，自己才是最重要的……

不是生來就高高在上的熾翼，更不是那個又聾又啞的翔離，還有那些無禮傲慢、無視她的棲梧和千水的皇族貴冑……

我愛的，始終只有紅綃一個人。

城府深沉的太淵居然會說出這樣露骨的情話，可到底是不是真的？也許只有天知道吧！他說了多少謊話，誰能夠分得清真假，誰還敢相信他呢？

這個虛偽得可怕的太淵，看似坦蕩地說出一直愛著自己，可是過了多少年了，他還是和熾翼糾纏不清。

他對自己很好……是啊！比起死在他手上的其他人來說，的確很好。但這真的是因為愛嗎？他真的懂得什麼是愛嗎？

可是我給太淵的東西，永遠只能屬於太淵，任何人都不能搶走。

熾翼呢，這個人的心裡又在想些什麼？總是若即若離，忽遠忽近，說不清有情無情的人……為什麼要說這種話？

身體被撕裂開，應該是很痛的，她卻一點也沒有感覺。有什麼東西破開了她的腹部，然後有什麼長久存在的東西被強行取走了。

她勉力睜開眼睛，看到熾翼沾了鮮血的臉龐，不……那不是血……是赤皇的標記。鮮血一般，糾纏迴繞，就好像是無盡輪迴的命運……

他的手裡拿著什麼，但是太紅了，看不清……就好像是那一天……被漫天的火紅簇擁著，一步步走上去，卻什麼也看不清……

「好了，我把他取出來了。」她聽到熾翼的聲音說：「紅綃，妳可以走了。」

走？不能走！還不能……還有太多事沒有做，還有……那是太淵的聲音嗎？太淵在說什麼？

太淵……如果你是真心，如果那句話是真的……那該多好……

熾翼小心捧著手中的嬰兒，專注地用衣袖替孩子擦拭血汙。紅綃就倒在他的腳旁，身下肆意流淌而出的鮮血，眨眼間浸透了周圍的土地。

太淵愣愣看著這一切，不敢相信熾翼竟這樣殘忍。滿眼的猩紅奪目，讓他晃了一晃，差點站不穩。

他怎麼都想不到，熾翼居然微笑著用匕首剖開了紅綃的肚子，取出她腹中的胎兒……熾翼，怎麼可能這麼殘忍？

「無法使用神力的情況下，也只能如此了。下手倒是乾淨俐落，赤皇大人想必策劃已久，早已估算好了角度力道。」青鱗一點也不意外，還在一旁諷刺挖苦，「話說回來，只是剖腹取子，七公子理應見過無數比這殘忍百倍之事，也不曾見你眨過眼睛。看來您對紅綃公主，倒還是存了真心。」

太淵咬了咬牙，熾翼這時正巧抬頭望了過來，兩人四目相交。

「你……」太淵只覺一口氣哽在胸前，扭曲著表情提劍上前，但是剛剛跨出一步，地面下鑽出無數紅色光線，如作繭一般攀附而上，緊緊捆縛住了他的雙腳，就算用盡力氣也再不能挪動半分。

「紅綃死了。」熾翼的聲音清清楚楚地傳了過來，「我殺了她。」

「為什麼……為什麼？為什麼！」太淵握劍的手發著抖，臉色青得可怕。

「我告訴過你。」熾翼微微一笑，「我說過，我會當著你的面，把你最喜歡的東西撕個粉碎。太淵，你現在有沒有後悔？有沒有覺得招惹我是你犯下的最愚蠢的錯誤呢？」

「你！」太淵只覺得氣血上沖，眼前一陣發黑。

「咯咯！」熾翼抱在手裡的孩子發出了笑聲。

他低下頭撫摸著那孩子的臉龐，露出了笑容。這萬分溫柔的模樣，又一次地刺痛了太淵。

青鱗剛剛所說的話，鬼使神差般占據了他所有思緒。說不定，熾翼根本就是為了這個孩子，才會……才會……

這孩子是個阻礙，現在就已經是了！

「畢竟是兄弟，倒和你有幾分相似。」熾翼的手指移到孩子頸項之間，「不知道長大以後，會是什麼模樣？」

「你看他額有龍鱗，胛生鳳羽，出世便如此非凡，只是可惜……」熾翼嘆了口氣，那孩子像是有預感一般，突然停下了笑。

他本想立即殺了這個孩子。這個不凡的軀殼不該存在，與其讓太淵日後擔憂煩惱，還不如讓自己……但是這雙琥珀色的眼睛這樣望著自己，卻讓他有些下不了手。

這雙眼睛很像太淵，不是現在的他，而是在過去很久之前，那個有著清澈目光的太淵。

這只是假象！不可能永遠如此！熾翼在心裡告誡著自己。

總有一天，一切都會改變，就算再怎麼努力維持，再怎麼若無其事，也都會不知不覺地改變。

指尖收緊，小小的臉漸漸失去血色，那孩子卻還是不哭不鬧，只是盯著他看。

不知道是不是錯覺，但是此刻看去，那孩子眼中清澈淡去，變得深邃難辨，竟還……帶著幾分悲憫。

這小東西是在可憐自己嗎？他才剛剛出生，難道說……熾翼覺得這個念頭好笑極了，他卻笑不出來。

也許在不知不覺之中，一切已經朝著無法逆轉的道路上前行了。

「既然這是天意，我也不好違背。」他心念一轉，改變了主意，「今日你在我手中出生，若註定這是你我宿緣，那不如讓這段緣分結得更深一些。」

熾翼一手抱著孩子，另一隻手沿著自己的脖子輕輕一劃，尖銳的指甲就像銳利至極的刀劍，剝下了直到肩頭的整片皮膚。他看也不看，將被自己生生扯下的大片皮肉放到孩子胸前。

皮肉相貼的一瞬，一直安靜無聲的孩子像是受到了巨大驚嚇，猛地放聲大哭起來。

「熾……熾翼……」太淵就像被掐住了脖子，聲音顫抖得厲害。

「這個印記，代表著我曾有的榮耀。」熾翼對著太淵淺淺一笑，用鮮血淋漓的手撫過同樣血紅一片的頸項，「你一定不知道，其實我恨透了它！這種只能用來決定生死，卻不能順遂我心意的力量，我從來不需要。」他的神情輕鬆自如，就像那並不是他自己的血肉，絲毫不會疼痛一樣。

「到了這個時候，我怎麼也該認輸了。」他甚至連笑容也絲毫未變，用帶血的手指撫摸著自己的臉頰，「輸就輸了，可是輸得這麼難看，真是無地自容。」

正說話，他五指彎曲劃過，剎那間，俊美的臉上多出了五道極深的傷口。

太淵還沒有從熾翼剝下赤皇印的舉動中緩過神來，就看到他把自己的臉劃得不成樣子。他感覺自己的心和四周所有一切，在這個瞬間徹底靜默了下來。

這不是真的！熾翼沒有在他面前殺了紅綃，剝下赤皇印，毀了自己的臉……

「夠了！」他聽到自己沙啞的聲音在說，「熾翼，已經夠了……停下來……你停下……」

停下來了！

絢爛紅光聚成一束，纏繞著熾翼手中的孩子，轉瞬又連著孩子一同消失不見，陣式也隨之消弭殆盡。只是陣式雖破，太淵依舊無法動彈。

「為什麼是這種表情？」熾翼鮮血肆虐的臉上，露出了一個足以稱之為可怕的笑容，「我終於決定放過你，你應該開懷大笑才對。這麼久以來，你不就是想離開我的身邊？」

他垂下手，指甲上勾滿了自己的血肉，一路滴灑著鮮血走到太淵面前。

「我知道的，你愛我也恨我。你愛我，因為我是從不失敗的強者，但這一點也正是你所恨的！比起恨共工，你應該更加恨我，不過恨得太重太久，反而和愛混淆到了一起。或許你只是想看著我失敗，然後變成你可以憐憫安慰的弱者……」

太淵看著他全身是血、面目全非的樣子，臉上毫無表情。

「你非但做到了，還做得很好。」熾翼湊到他耳邊輕聲地說：「太淵，你高不高興？」

太淵目光一滯。

「我和你一樣高興。」熾翼的語調帶著一絲促狹，「太淵，現在是給你獎勵的時間了。」

太淵瞪大眼睛，不敢置信地看著他。

「我做了一個危險的決定，我本來以為不論怎樣，用不了多久，你眼裡就只會有我了。你愛不愛我，根本毋庸置疑。」熾翼觸碰著他的臉頰，眼裡竟然帶著笑意，「真是的，我怎麼會以為，你心裡愛的是我？也許你愛紅綃，也許你不愛……可那和我有什麼關係？」

他拉著太淵的手，按住自己的胸口。

「為什麼你就沒有一刻願意相信，我是真的愛著你？你為什麼不想想，我怎麼會願意被你擁抱？有什麼東西值得我付出這樣的代價來換取？就算我什麼力量也沒有，如果只是想要毀了你，我還是有一千一萬種辦法，何必在你身子底下討好承歡？我只是……只是……」

他湊上前，用嘴唇擦過太淵的嘴角，像是一個吻，更像是一個沒有說出口的誓言。

「好了，已經太久了……」

熾翼血肉模糊的臉看不出表情，但是太淵從他暗紅色的眼睛裡看出了某種瘋狂的決心。

果然，熾翼一轉手，就從他的腰間抽出了「毀意」。

接著，熾翼用自己的手，包裹住他的手握緊劍柄，然後一分一分，緩慢無比地刺進自己的胸膛。

「這是我給你最後的獎勵，獎勵你對紅綃的深情不改。」拋開那把劍，熾翼拉著太淵的手，探進被劃開的胸膛。

太淵愣愣看到自己的手沒入了熾翼胸口，能感覺到手指在一片黏膩濕滑的溫熱中不住移動。

「你不用多想，我只是怕自己氣瘋了，會去學共工做什麼毀天滅地的傻事。」熾翼嘆了口氣，「這和你沒什麼關係……我和你，再也沒有什麼關係了。」

他拉著太淵的手，慢慢從胸口退了出來。

看著自己的心臟在太淵掌中兀自跳動，熾翼笑著說：「你把這心給紅綃吃了吧！祝你們天長地久，永不分離……」

太淵看著那顆心，鮮血沿著他的手指不斷滑落，滴在他天青色的衣服上，形成了可怕的痕跡。他只覺得眼前除了一片血紅，什麼也看不到了。

「你還記得嗎？我們那時在這裡遇見，還有……那株蘭花……」鮮血從熾翼的臉上滴落，就像是不停流淌的紅色淚水。他往後退去，聲音是那麼平靜，「太淵，我走了。」

火，從他的體內噴薄而出，轉瞬就吞噬了他的身影。他的鮮血讓火焰發出豔麗的紅色，天空大地都好像變成了一片火海。

熾翼閉上眼睛，身體往後仰倒。

太淵終於可以動了，他一步、步往前走……直到一隻手牢牢抓住了他！

「你想要和他一起跳下去？」一個帶著愉悅的聲音在他耳邊響起，「你放心，不用確認也知道他死定了。」

太淵低頭俯視著烈焰翻滾的火海，紅蓮火焰的力量之強，讓煩惱海的水汽不住升騰。太淵的眼前一片迷霧，什麼也看不清楚。

「他……怎麼能這樣……」太淵只能從喉嚨裡發出一點聲音，「不……」

「難道你不知道這下面是什麼地方？」青鱗冷酷地說，「是煩惱海，無法使用任何法術的煩惱海。何況他現在挖出了心臟，被脫離控制的紅蓮烈火焚燒，就算有再大的本事也活不了。」

青鱗笑了：「這不就是我們想要的結果？你有了他的心，能救回心愛之人，我的滅族大仇終於得報，今天真是一個值得慶賀的日子啊！」

就像印證青鱗的話一樣，一道紅色光芒突然從崖底衝出，映得天地一陣光亮。須臾，光芒散去，只剩點點火星一樣的微光飄散在空中。

「你怎麼好像捨不得他死？」青鱗垂下眼簾看著太淵，「他死了，不是只有好處嗎？」

一團豔麗的紅光飄到太淵面前，他木然地伸出另一隻手，那光芒閃了幾下，暗淡下來，在他手中變成了一顆暗紅色的珠子。

這是火神精魄……如今，連這個都沒有了……熾翼他……

「真不愧是熾翼，連死也死得轟轟烈烈！」青鱗站到崖邊往下看去，「要是我沒有親眼看到，一定不會相信。」

煩惱海！

雲夢山腳下的煩惱海是埋葬萬物創者盤古之地，一切諸神法力在這裡都無法使用的煩惱海，竟然被燃燒殆盡！

「你可知道……」太淵喃喃地說著。

「我知道。」青鱗笑嘻嘻回答，「若是熾翼想讓誰忘不了他，那個人就沒有一刻能夠將他忘記。」

太淵閉上了眼睛。

他依稀能回憶起，一萬多年前那件在陽光下閃得刺眼，如同華美羽翼的紅色紗衣。那頂金絲和鳳羽做成的髮冠纏繞著束起了黑色的長髮，火紅的鳳羽緊貼著那人臉頰，列成了如翅的形狀。

豔麗、張揚、肆無忌憚，彷彿什麼都無法阻擋，那就是火族赤皇！

一萬年了，盤踞在心頭的火……太淵屏住了呼吸，覺得胸口一片冰涼。

火已經熄滅……連餘下的灰燼也正慢慢冷卻……

3

近些年，他總夢見自己與人爭鬥。

那人沒有面目，總是穿著血紅的紅裳，看上去十分讓人討厭。他不知道自己為什麼要爭，為什麼要鬥，卻沒辦法停下來，彷彿是要毫無止境地爭鬥下去。所以驚醒的時候，他總是覺得非常疲憊，許久都不願起身。

「呼。」他仰面躺在床上，用薄被蒙住頭臉，擋住了透過窗櫺照在臉上的月光。

遠遠地，傳來了壓抑沉重的呼吸，應該是無名身上的火毒又發作了。他本就不好的心境，越發鬱悶起來。

「真是的。」他忍不住喃喃自語：「總是這樣也不行啊！」

雖然心裡著急，他並沒有立即起身過去無名房裡，因為他明白，這個時候，無名更願意獨自一人。

正是不希望自己為他難過擔憂，無名才會忍耐得如此辛苦。這世上就是有這樣的人，永遠見不得別人為自己傷心……

他躺在床上，耳邊是無名輾轉痛苦的響動，再也無法入睡，索性從窗戶翻了出去，決定到林中逛逛，等天亮再回來。

這裡是煩惱海，他的名字叫作惜夜。

明明是片樹林，偏偏稱作海，這是個非常奇怪的地方。而惜夜從記事開始，他就一直在這個奇怪的地方，不知自己從何而來、為何存在，只知道自己在這裡的某處遺失過非常重要的東西，終日裡不停尋找。

直到遇見無名。

遇到無名的時候，惜夜正大開殺戒。那些年裡，死在他手中的妖物並不算少，剖開胸膛取出心臟更是無數次，卻是第一次有人當面指責他的濫殺，也是第一次有人毫不畏懼他醜陋的樣貌。

最重要的是，第一次，有人為他流了眼淚。

他曾經見過無數的眼淚，只有這一次不是出於恐懼悲傷，而是為了他流出的眼淚。

在他給無名看胸前傷口的時候，雖然只是一滴淚水，雖然因為怕他誤解，無名立刻低頭掩飾過去了，但他看得清清楚楚、明明白白。

有人為他流淚……在他時常渾噩的意識裡，隱約記得這是非常重要的。於是那個時候，他下了一個決定，無論如何，要和這個會為自己流淚的人在一起。

後來，他找了一塊空地，搭了一間屋子，甚至把自己支離破碎的外貌變得和無名一般無二，幾乎是強迫著無名留了下來。

一口氣走了很遠，回頭看去，他和無名的家早就看不到了，能看到的只有空蕩蕩的山林。惜夜突然覺得累了，他在倒塌的大樹上坐了下來，蜷起雙腿開始發呆。

也許包括無名，沒有人會相信，什麼都不懼怕的惜夜，也會害怕。但是他時常覺得害怕，不論是從惡夢中醒來，又或者像是此刻獨自一人的時候，他經常會惶惶不安。

沒有人知道，他很怕孤單。

一個人活著，沒有過去，沒有心，什麼都沒有，只是活著，在沒有人知道的地方……每次一想到這些，他空空的胸口就會疼痛。

「無名……」他輕聲喊著，把臉埋進了膝間。

從恍惚中把惜夜喚醒的，是一點火光。他在黑暗的森林裡待久了，對於火和光特別敏銳。

像是燈火……

順應著直覺，他飛快躍上一旁的大樹，藉著繁茂枝葉遮蔽身形。

不一會兒，火光由遠及近。那是一個人，火光是那人手裡提著的一盞燈。

惜夜心中生出了一種異樣的感覺。

煩惱海是個奇怪的地方，這裡有著一種不同尋常的力量，在這裡出生的妖物，能夠非常迅速地修煉化形，卻沒有辦法遠離。只要一踏出煩惱海，任你修為多高，只會化作虛無。

無名是這數百年來，第一個打破規矩，能夠進入煩惱海的外人。當然，無名不能算是「人」，他身上有很重的仙氣，可是眼前這個人呢？

奇怪得很，這個人身上居然沒有任何氣味。惜夜心裡驚奇，越發仔細地打量。

那人穿了一件簡簡單單的天青色袍子，手裡提了一盞白色紙燈，火光影影綽綽，大致能看清眼耳口鼻。

但是那朦朧的樣貌，那行走時如流水行雲的姿態，卻讓惜夜心中一顫。

彷彿有聲音在他耳畔響起，是殺伐嘶喊，是哀淒悲鳴，冥冥之中有無數雙怨恨的眼睛……

他的頭一昏沉，差點從樹上栽倒下去。

那人的腳步一頓，卻沒有停下，依然行雲流水地走著。惜夜不知道自己中了什麼邪，身體幾乎是循著另一種意志，悄悄地跟隨在了那人身後。

煩惱海宛若迷宮，這個外人卻像是非常熟悉，他毫不遲疑、從不停頓的腳步，又讓惜夜生出了疑惑。

難道這人並不是從煩惱海外而來，才會如此熟知路途，才會如此地……令人熟悉。

那個背影，讓惜夜一次又一次失神，直到隨著他走到一處平日絕不會去的地方。

煩惱海中有一處地方，惜夜從不踏足。

那個地方，叫作萬鬼岩。

不只是惜夜，整個煩惱海大大小小的妖怪們，都知道要遠離這個地方。

萬鬼岩在煩惱海邊界，是一處宛如斷崖的高岩，怪石嶙峋，寸草不生，突兀非常。

惜夜喜歡高處，常常站在高大的樹木上俯仰眺望，獨獨討厭萬鬼岩。因為這個地方總是迴盪著鬼哭之聲，那並非如風聲嗚咽，而是真正的哀怨哭泣。那些哭聲，彷彿存積千年萬年的怨恨念出的咒語，聽了實在讓人頭痛。

如果不是失魂落魄地跟著那個人，他也不會沒有注意方向，就這麼一直走到了萬鬼岩上。

天氣很好，月亮大得有些詭異，從他的角度看去，那人如同站在明月之中，相隔遙遠……其實，他們離得並不遙遠，至多也就十丈開外。

一個回神，惜夜才意識到這是什麼地方。但是十分怪異，今夜的萬鬼岩安靜非常，沒有萬鬼哭泣，沒有活物聲響，甚至一絲風聲都沒有，洋溢著一種死寂慌張。彷彿整個煩惱海，因為這個奇怪的訪客，生出了恐懼之心。

那個人到了岩上，什麼也沒有做，只是提著燈，動也不動地站著。惜夜躲在最靠近他的那棵樹後，好奇地張望。

過了很久，他依稀聽到細微的聲音四處飄散。

聲音是從那個人的方向傳來的，仔細地聽，像是在念著什麼。

「……予美亡此，誰與獨旦。夏之日，冬之夜。百歲之後，亡于其居。冬之夜，夏之日。百歲之後……」

反反覆覆，好像索命的咒語，讓人心中生出陣陣寒意。惜夜往後退了一步，覺得這聲音比萬鬼哭號還要讓人難受。

就在轉身離開的瞬間，他聽見一聲嘆息。

悠長、沉重的嘆息。

他發現自己再也挪不動腳步。

惜夜回過頭，看著那個讓自己動搖不已的背影。

一個人，孤單地……不知從何而來的衝動，讓惜夜生出了想要靠近的念頭。

這個人，是不是和自己一樣，會呼喚著某個人的名字，來驅趕孤獨？他想呼喚的，又是誰的名字呢？

「熾翼……」

惜夜耳際轟然作響，彷彿天崩地裂一般，為了這個陌生又熟悉的名字。

這是誰的名字？他在喊誰的名字？

「你在看著我，對嗎？」那人笑了起來，笑聲裡帶著讓人毛骨悚然的陰冷，「這樣很好，千萬不要閉上眼睛，也不要看別的東西，你只要看著我就好了。」

惜夜一連退了幾步，捂著胸口坐倒在地，那裡就像被尖銳的東西猛地劃開……

「不過你真是狠心。」那個人依然在自言自語，「怎麼能把我一個人留在這裡？」

惜夜把自己縮成一團，深深地吸氣，想要緩解那種痛楚。

「你帶走了我所有的東西，偏偏把我留下。」那種輕柔溫和的口氣，說不出地詭異，「你知道的，我不喜歡這樣，我最不喜歡你這樣了。」

冷汗從額頭不停滑落，一滴滴滲進了惜夜的衣襟。

「真有趣。」

聲音突然之間近在咫尺，惜夜猛地抬頭，幽幽燈火之中，他看到了一雙琥珀色的眼睛。

他呼吸一窒，下意識地往後閃躲，蜷縮進了陰影裡。

「我本來以為，這地方的任何東西都不會歡迎我。」那人應該是習慣於笑容的人，笑起來自然又隨和，「沒想到，居然還有這麼個東西。」

惜夜不是那種荏弱膽小的妖，但是在這個人的面前，他根本生不出抗爭的勇氣。

他只想逃，逃得遠遠的！

「這模樣還真是眼熟。」那人彎下腰，用冰冷的手指，在他更加冰冷的臉上輕觸，「讓我想起了很有趣的事。」

惜夜側過臉，躲過那隻令自己發顫的手。

「你用的是什麼法術，為什麼我看不透？」那人煞有介事地把燈籠湊到惜夜面前，「你這層面皮下面，到底是什麼樣子？讓我看看可好？」

惜夜不知自己哪來的勇氣，居然推開了那盞刺眼的燈籠。

他的臉……那張千瘡百孔的臉，怎麼可以讓人看到？

「這麼重的血腥，是山魈還是血鬼？」那人居然吃吃地笑了出來，「為什麼跟著我，你不害怕嗎？」

「為……為什麼……」惜夜背靠著樹站了起來。

「是啊，為什麼呢？」那個人一愣，然後答道，「我也不知道為什麼，每個人在我面前總是一副戰戰兢兢的樣子，時間久了，我就覺得每個人都會怕我。其實最初不是這樣的，那時，每個人的眼裡都看不到我……」

他說著說著聲音漸無，彷彿是想什麼想得出了神。

惜夜咬了咬牙，悄悄地向後挪去，可繞過身後的大樹，他一轉身，那人又在眼前。

「你要走了？」那人一臉失望地說：「別怕，我只是想找個人說說話罷了。已經很久沒有遇過主動跟著我的人了，所以我想和你說說話，好嗎？」

惜夜僵著臉，被拉著衣袖拖到了萬鬼岩上，在一塊石頭上坐了下來。

「夜色真是不錯。」那人在他對面坐下，將燈籠放在一旁，看了看四周，「要是有風，那就是明月清風此夜了。」

話音剛落，果然吹來了一陣微風，吹得那人衣袂飄飄，宛如仙人。

「如果是他坐在這裡，我該和他說些什麼？」那個人說著讓人聽不明白的話，「你知道嗎？我常常不知道怎麼和他說話，我不知道他心裡在想些什麼，生怕一個不小心就得罪了他。我怕的事情很少，這幾乎是唯一的一樁……」

惜夜愣愣地看著他。

「你不明白嗎？也是，我自己都不明白。」他似乎比惜夜還要迷茫。

惜夜張了張嘴，終究沒有出聲。

「如果你晚上睡不著，都會做些什麼打發時間？」眨一眼都嫌多的工夫裡，那人又換過了一種表情，笑吟吟地問：「讓我猜猜，是不是偷偷跟在別人後頭？」

說完之後，那個人居然伸手摸了摸惜夜的頭髮。惜夜覺得彆扭極了，有種說不出的古怪感覺。

「看來你不太喜歡說話，這是個好習慣。」那人點了點頭，「話多的人通常活不久。說話很耗費精力，也容易招惹禍事。」

惜夜垂下眼睫，下意識地不願和這人視線相交。

「我睡不著的時候，就一直想那些比我自在快活的人，想他們為什麼會有我沒有的東西，為什麼活得比我開心？然後我想，為什麼他們還活著呢？」

惜夜一驚，整個身子都僵直了。

「我向來不喜歡太過直接，所以就想了一些有趣的法子。」

雖然只是聽著聲音，但是惜夜能夠想像，那張斯文和氣的臉此刻帶著什麼樣的表情。

「不能太簡單，不能太刻意，時間越長久就會越有樂趣……真是費了我不少心思。」

他一定在笑，雲淡風輕地微笑，好像只是信口胡說……

「這世上最殘忍，也最折磨人的，是四個字。」那人笑了一陣，一字一字地說道，「天意弄人。」

惜夜臉色蒼白，如果可以，他一定跳起來拔腿就跑，但是他很清楚自己不可能做到。

「我總要找些事做。」那人嘆了口氣，「不然，我怎麼知道，自己是活著還是死了？」

惜夜愣了一下，覺得在這句話裡，尋到了一絲微不可見的寂寞。

這個人，果然很孤單……

「很久以前，我還是個少年的時候，曾經愛慕過一個人。」那人轉過頭，看著高懸天上的明月，如喟嘆一般說道，「我為了得到那個人，做到了許多自己原本不可能做到的事，瘋狂得不惜一切。但是不過幾百年而已，我卻連那人的模樣都有些想不起來了。」

惜夜動了動手指，差點就要伸出手去，但他最後還是忍住了，緊握成拳藏到了身後。

那人站起身，凝望著遠處，許久沒有說話，過了好一陣子，才回過頭來。

「真是奇怪，我為什麼要和你說這些？」他恍惚地說：「我本來不想說的，這些事沒人知道最好……我本來不想殺你的，我已經很久沒有想殺過誰了。」

惜夜驀地跳起，正想要施展法術遁走，那人乾燥修長的手指，已經緊緊地貼住了他的咽喉。

「謝謝你願意聽我說話。」那人非常誠懇地說：「真是對不起，我還是要殺了你。」

惜夜無力反抗，被掐著脖子按倒在地上，他抵著堅硬的岩石，連空氣都變得異常陰冷。

「雖然不像以前，但在這個地方，我的力量還是會被限制。」那人輕聲細語地說道：「不然，我一定會讓你死得愉快一些。」

他一邊說著，一邊收緊手指，惜夜聽到自己的喉嚨發出了「咯咯」的聲音。

惜夜沒有掙扎，比起對強者的恐懼，讓他無力掙扎的，是從胸中或者更深的某個地方，突然湧出的疲憊。

他看著自己在風裡凌亂飛舞的頭髮，腦海中一片空白……然後，扼在咽喉上，完全奪去了呼吸的力量，突然消失了。

惜夜順著本能地咳喘，重新開始呼吸。

等恢復力氣之後，他抬起頭，看到那個人盯著某一處愣愣地發呆。

在凸出的岩石之下，有一株帶著露水的雪白蘭花，隨著風輕輕搖擺，散發幽靜的香氣。

那人看著蘭花的樣子，就像是看著從未見過的奇珍異寶。

「不行……」惜夜沙啞著聲音，幾近懇求地說。

那人恍若未聞地，伸手掘出了那株蘭花。蘭花離開泥土的剎那，惜夜渾身一顫，伸出的手也垂落到了地上。

「怎麼會？」那人呆呆地看著手裡的蘭花，「怎麼會在這裡，為什麼……」

惜夜眼前一黑，什麼都不知道了。

明月依舊，夜色蒼茫。

岩石下綻放的蘭花已經不見了蹤影，捧著蘭花匆匆離去的人沒有看到，蘭花根畔的泥土，滲出了鮮紅的血色。

萬籟俱寂之中，不知從何時何地而起，傳來幽幽鬼哭……

惜夜抬起手，按在空空的胸口。

他慢慢站了起來，在那裡靜靜地聽著。他想嘆口氣，想安撫那些滿心怨恨的魂魄，卻覺得一切都是徒勞。

「這不是……我的錯……可是我沒辦法拒絕。」許久，他乾澀地說：「我活到今日，是為了償還我必須償還的……」

很久很久以前，在私心萌動之前，在燒了梧桐之前，在更久之前……

他站在那裡聆聽著逝者的譴責，日升月落，一步也不曾移動，彷佛已經自亙古直至如今。

直到那天夜半時分，天邊飄來一個身影。那身影虛虛幻幻，只是一抹幽魂，但那眉眼，那容貌……

他一愣，卻是騰空而起，追了上去。

那鬼似是新生，又似缺失了魂魄，目光空洞，神智混沌。

「你很眼熟。」惜夜擠出了一絲微笑，輕聲問道：「我們是不是在哪裡見過？」

而那以後，又過了將近三百年。

三百年，不過是一回首、一沉思、一剎那倏忽而過的時間……

4

「無名。」這日清晨起來，他忽然跑到無名房裡，趴在床邊沒頭沒腦地問，「你可喜歡我？」

無名已經習慣他的心血來潮，輕輕一笑，「自然喜歡。」

「喜歡到何種程度？」他又問：「你會不會為了我捨棄一切，會不會為了我捨棄生命？」

「我很喜歡你。」無名答道，「只要是我能夠做到的事情，我都願意為你去做。」

「生命呢？」他固執地追問：「你願不願意成為我最親密的人，願不願意把生命交託給我？」

「你喚了我那麼多年的父親，我們早已是十分親密的人。」無名不太明白，「可把生命交託給你，又是什麼意思呢？」

「能不能讓你忘記心裡的那個人？」他想了一想，「不然我變成他的模樣，你就把我看作是他，行不行？」

無名微微皺眉，「我不明白……」

他拉起了無名的手，十指用力交纏，宛如抓著浮木一般。

他眼中充滿迷茫，「無名，為什麼我不行呢？為什麼你不試著愛我？」

「你為什麼會這麼想？」無名吃驚地望著他，「我和你如同血肉至親，我自然是愛惜你的。」

「那不夠！」他突然提高了聲音，「我不信除了他，別人就不可以！」

「惜夜……」

「無名，我們有緣。」他眼中盈盈流轉著光芒，滿是蠱惑的意味，「或許我經歷的那些，不過就是為了在三百年前遇到你。」

「你是怎麼了？」無名抽出手，摸了摸他的額頭，「流了這麼多冷汗，又說這些話，是不是做了噩夢了？」

「才沒有，我又不是孩子。」他順勢靠到無名肩上，長長地呼了一口氣，「無名，你就答應我一回不行嗎？」

「好吧！」無名輕聲笑了，「你想聽我對你說什麼呢？」

「還是算了。」他輕啐了一口，「我只是早上起來不甚清醒。」

無名撫過他漆黑的長髮，「惜夜，我不知道你為什麼焦慮，要是你願意說給我聽……」

「跟我說說那個人。」他閉著眼睛打斷無名，喃喃地問：「我想知道，你心中愛著的那人，是什麼樣子？」

無名的手停頓了片刻，接下去的動作微微有些顫抖。

「不能說嗎？」

無名嘆了口氣，「旁人也許覺得他很無情，但他對我極好。」

「就這樣嗎？」他許久沒有等到下文，於是問道，「只是對你好，就夠了嗎？」

「對我來說，已然足夠了。」

「這世上沒幾個像你這樣容易滿足的人了。」他笑了一聲，「我呢，曾經也愛過一個人，那個人啊……雖然我可能存了點其他心思，但我從來都是竭盡所能地對他好，他想要什麼我就給他什麼，哪怕是……為什麼他卻希望我死呢？我怎麼都想不明白，怎麼……都不甘心。」

無名一愣，皺起了眉頭。

「我想……」他拉開了靠在自己肩上的惜夜，讓兩人四目相對，「惜夜，為什麼你時常讓人誤解？」

「什麼？」

「你記不記得，上回遇到那個尋死的書生，你救人便罷，為什麼偏偏將他捉弄得那樣狼狽？」

「既然死都不怕，還有什麼可怕的？」他哼了一聲，「知道害怕，就是還留戀人世，以後就不會輕易尋死了！」

「你就是這樣，才會讓人誤會。」無名無奈地搖了搖頭，「你不愛聽人對你道謝，不願別人覺得你在施捨恩德，寧可讓人覺得……」

「無名啊！」他忍不住笑起來，「你不覺得這話很可笑嗎？」

「我相信你若是愛著一個人，就會不惜一切地對他好，可也一定不會讓他知道。」無名眼中流露出深深的疼惜，「你會擋在前方，承擔所有，卻什麼都不說。」

「我……其實想過要說，可是我不能……我希望他是心甘情願，如果不是心甘情願，那我就是害了他。我自己倒也算了，可是我不能把他置於險地。」他有些無力地辯駁，漸漸變得語無倫次，「他自小被輕視，不容易信任旁人，加上疑心很重，本就活得辛苦……他變得如此狠毒，其實……其實我也有錯，如果我沒有……」

「你……」無名猶豫了片刻，還是沒有再說下去。

「我……」

「惜夜！」

「我怎麼還是這樣？」他站起身，往後退了幾步，「也不是沒有吃夠他的苦頭，怎麼還在說這些荒唐的話？」

「不論那是什麼事，你都不要再去想了。」無名跟著站了起來，「你這樣逼迫自己，遲早會出事。」

「我知道！我知道！」他揉了揉額角，「你不用擔心，我不會再去想了。」

無名覺得憂心，又無從勸解，最終只能嘆息一聲。

「時間還早，你再睡一會兒吧。」惜夜看了看窗外天色，見不過曙光微露，連忙說道，「你最近身子越發虛弱，要多休息才行！我總是吵你，你可不要惱我！」

說完也不等回答，急急忙忙將無名按回床上。

「惜夜！」無名沒能喊住他，只能眼見著他足不沾地地跑了出去。

惜夜一直跑到溪邊，才停了下來。他想了片刻，越想越是懊惱，對著面前的石頭就是一拳，因為沒有收斂力道，把自己的指節打出了血來。

「您在做什麼？」身後飄來了一個不懷好意的聲音，「是這石頭得罪了您，所以您在教訓它嗎？」

「滾開！」他臉色一沉，「陰魂不散的東西！」

「好大的脾氣！」身後那人誇張地笑了起來，「撞見您這般模樣，是我的不是，還請您千萬不要怪罪。」

「我沒心情和你鬥嘴。」惜夜轉過頭，瞪了來人一眼，「你想做什麼便去做什麼，別招惹我。」

來人的頭臉被黑紗遮了一半，只露出了半張臉龐，但這種模樣，絲毫沒有減去他身上的凌厲張揚。

「我只是向您問個好，不是特意過來取笑，您可不要誤會。」那人作勢欲走，兩三步又回過頭來，「對了，前兩日我路過東海，恰巧探聽到一件令人震驚的事情。」

惜夜沒有接口，只是冷眼瞧他。

「不過我想，您未必願意知道。」

「青鱗，你我之間的仇怨不堪贅述，如果你要向我尋仇，實在理所當然。」

「我對你的確恨之入骨，但是現下這些並不緊要。」青麟輕蔑地微笑。這曾經不可匹敵的對手，如今已不足畏懼，需要用心對付的，只剩下那位「又惡毒又辛苦」的七公子而已。

不過，居然會說什麼「活得辛苦」？還真是滑天下之大稽！

「您未必希望知道這事，但我想還是應該說上一聲。我多方打探，想知道太淵這些年究竟在費心籌畫些什麼，前些日子機緣巧合，我去了一趟東海，結果遇見了一個人。」青鱗勾起的嘴角帶著不屑和嘲弄，「雖然魂魄不全，可看那模樣，分明就是紅綃。」

這麼驚人的消息，惜夜只是眨了一下眼睛。

「當年你剖腹取子，親手殺了紅綃，怎麼此刻聽到她死而復生，會是這般反應？」青鱗疑惑，又不能問得太過明顯，「難道你早就知道了？」

惜夜搖了搖頭。

「就算當初你不下手，紅綃也捱不過水火共生的痛苦，這件事別說太淵，就連我都知道。雖然從太淵嘴裡說出來的話，就算是真的聽著也像假的，可此刻天地已改，把沒有價值的東西留著，還……」

青鱗本是為了奚落對方，可說著說著，卻像是觸動了心事。

「他那麼做，一點都不符合以往的性情，若不是對紅綃真情實意，實在難以想到別的理由。」

「那是他的事情。」惜夜平靜地回答，「我已經告訴過你，只要不危及無名的性命，成事之後，你和太淵想怎麼鬥就怎麼鬥，我才懶得理會。」

「如此最好！」青鱗冷笑了一聲，「我這就去做『該做的事』，不打擾您了。」

青鱗不過想說，太淵終究還是把自己的心給了紅綃，讓她順利涅槃重生罷了！

太淵若是捨不得紅綃，自然會讓紅綃活過來，有什麼值得大驚小怪？若是太淵另有圖謀，他的心思，這天地之間又有誰能夠明白？擅自揣測，不過是浪費時間與心力，說不定還會反受其惑。

到了今時今日，誰也沒有力量左右太淵。這樣很好，真的很好……

目送青鱗走進屋子，接著屋裡遠遠地傳來了輕聲的交談，惜夜木然地低下頭。指節仍然在滴落鮮血，被鮮血沾染之處，仿若烈焰燒灼，皆成焦土，不留活物。惜夜連忙抬起手，鮮血順著手腕流下，又立即燒灼了衣裳。

他想了想，轉身朝後山走去。

地水靈氣，玄陰之穴。

惜夜走到角落處一眼清澈的泉水旁，把受傷的手浸了下去。縱然早有準備，那蝕骨一般的疼痛，還是令他緊緊咬住了牙關。

傷口並不嚴重，但傷在了顯眼的地方，若是被無名看到了，一定會著急追問。他最不想騙的，就是無名，儘管他已經隱瞞了許多……

他看著因為自己傷口凝結，慢慢平復不再沸騰的泉水，突然想起了往事。

那是天絡地脈更改之前，在棲梧之城不遠的東面，也有一處地陰寒泉。雖然不及此處泉眼眾多，卻更加深廣。

那天晚上，被紅綃算計的自己，不得不跳進寒泉。

就是從那一刻開始的吧！就是從那一刻起，在一個微不足道的水族皇子抱住自己的那一刻，所有的計畫突然全盤更改……

後來，就好像是著了魔地認定了他，再也無法擺脫，直到今天。

從指尖到手腕，都凝結成了冰，再慢慢退去，過程雖然痛苦，卻終究是結束了。此時他的手完好如初，縱然內裡沒有真正癒合，至少，外表看起來就像從來沒有受過傷的模樣。

他站起身，望向幾近完成的巨大陣式。

逆天返生之陣，《虛無殘卷》最後記載的陣法。

不論誅神還是煉化，皆是破滅毀壞之力，唯有這最後一陣，是重生與挽回之法。

而殘卷之所以稱為殘卷，就因為缺失了最後一句。

不多不少，九個字而已。

在這一句之前，陣法敘述就已完結，偏偏看似無關緊要的九個字，卻包含著一個祕密。而這世上與《虛無殘卷》切身相關的人中，只有熾翼知曉這個祕密，就連虛無之神的直系後裔，甚至是那位無所不知的東溟帝君都不知道的祕密……

「陣式就要列成。如果你要讓整個火族復生，就算找全了那四樣東西，恐怕還是非常勉強。」青鱗不知何時站到了他的身後，「何況那四樣東西，幾乎都沒有著落，不知你究竟是如何打算？」

「我一直想問你。」他反問青鱗，「如果無名是為了寒華的願望，我希望讓火族復生，太淵是為使紅綃魂魄完整，逆天返生之陣於你又有什麼作用？」

「我啊！」青鱗側著頭，意味不明地笑了起來，「或許只是覺得無聊，或許我只是想要看看，這場延續了萬年的鬧劇，究竟會怎樣收場。」

「你當初來找我的時候，我以為你是想殺了我。」惜夜低垂眉目，彷彿不經意地問道，「我們這些人之中，最不希望看到逆天返生之陣列成的不就是你？」

「我直到今日也猜不透你的想法，你又何須顧忌我的念頭？我們只是各取所需罷了。」

「那麼你只須把陣列好，剩下的部分我自會處理。」惜夜懶得和他周旋，舉步往外走去。

「炙炎神珠的部分……」

「不許打無名的主意。」

「你讓他列陣，不一樣是要了他的命？」

「任何人都不能傷害他，我也不行。」他停下了腳步。

「你做得到嗎？」

惜夜沒有回答，而是步履堅定地走了出去。

從遙遠的上古直到今天，所有的一切，很快就要結束了。

太淵坐在書案後，一杯茶，一盞燈，一卷書。

入夜的于飛宮，除了樹葉婆娑之聲，只有一片靜默。他放下一行都沒有看進去的書卷，走到門邊。

屋簷下掛著的白色紙燈，在風裡微微晃動，太淵看得有些出神。看得久了，終是有些疲倦，他回到桌邊拿起茶盞，但是觸手冰冷，也就沒有了喝的興致。

他放下茶盞，看到慣用的摺扇在桌上半展著，扇面的蘭花曲折斷開。

太淵心裡一動，朝著睡榻望去。

朦朧夜色中，一盆盆白色蘭花擺放在高高低低的花架上，幾乎占滿了整個內廳。因為時間太久，習慣於縈繞的蘭花香氣，不留意時幾乎察覺不到了。

就算是神是仙，在這方面和凡人沒有什麼不同，一樣容易被習慣麻痺。習慣的氣味、習慣的目光、習慣的聲音，一切都很容易習慣。

他不知不覺走了過去，手指輕輕拂過花葉。

他手中的蘭花是自煩惱海採集而來，也最像當初那一株，可是再怎麼相似，也不是原來那株蘭花了。

最早那株蘭花，早已不知去向……

正在這時，不知從何處而來一陣寒風，紙燈晃得厲害，本就微弱的火光頓時明滅起來。太淵一點腳尖越門而出，從簷下取下紙燈，用衣袖擋在燈前遮蔽寒氣。

「不知是什麼風，能把青鱗大人吹來東海？」他小心地將燈放回內廳燈架，手指輕拂，放下層層幃幕遮擋。

「自然是一陣好風。」話音剛落，一襲黑衣的青鱗從門外走了進來。

太淵舉手示意，「遠來是客，請過來喝杯茶吧。」

「七皇子不用客氣。」青鱗狀似無意地看了內廳一眼，「我不是來喝茶的。」

「是我糊塗了。」太淵笑了起來，「青鱗大人怎麼會喜歡寡淡茶水，只可惜我這裡沒有好酒招待。」

「那盞燈……」

太淵笑容不變：「青鱗大人來找我，是不是有什麼關照？」

「我聽說你前些年一直四下忙碌奔波。」青鱗轉過身，露在黑紗外的半張面孔似笑非笑，「想必過得很辛苦。」

「沒辦法。」太淵走到桌邊，把摺扇收進袖中，坐了下來，「你知道我什麼事都喜歡自己動手，註定要自討苦吃。」

「不過到了現在，差不多就要苦盡甘來了吧！」

「大人這是什麼意思？」

「我對那盞燈有些興趣。」青鱗再次把話題繞到了燈上，「得七皇子垂青，想必有非凡之處。」

「不過是盞燈……」

「七皇子如此防備，叫我怎麼暢所欲言？」青鱗在他對面坐下，「我今天來這裡，可是有重要的事情和你商談。」

「大人言重了。」太淵仔細看了看他，小心說道，「說起來也沒什麼稀奇的，不過就是取了白澤的髓液，做了一盞燈。」

青鱗了然地點了點頭，「白澤識通三界，目達九幽，若是取其髓燃燈，可照出世間魂魄，再加上血麒麟的筋作芯，便可安魄收魂，成就一盞名副其實的招魂燈。」

「真是！」太淵笑了一笑，「青鱗大人如此清楚，又何必在這裡用言語擠兌我？」

「怎麼會？」青鱗正色道，「別的我不敢恭維，但七皇子的聰明才智，能夠想出這樣奇妙的法子，確實非同尋常。」

「那麼，可以進入正題了？」太淵閉了一下眼睛，「青鱗大人深夜造訪，可是與近來昆侖山異寶現世有關？」

「和聰明人說話，真是一件節省心力的美事。昆侖山上祥瑞之兆鬧得沸沸揚揚，我倒不是稀罕寶物，卻因為……」青鱗伸出手指沾了茶水，在桌上寫下兩個字。

「這倒是讓人意外。」太淵看著那兩個字，「和他有什麼關係？」

「你真的不知道？」青鱗嗤笑一聲，「他前些年去過昆侖山一趟，強行取走了絳草，鬧得天上地下人盡皆知，其中原因……」

「我當然有所耳聞。」太淵微微一笑，想到自己策劃的那樁好事，任是沒有炫耀之心，卻也不無得意，「他做出那種事，我也是非常吃驚。」

「七皇子知道其中原因？」

「不太好說。」太淵不想多說，「絳草對凡人和半神或許有些用處，對你我來說又能算得了什麼，你怎麼會把心思放到這上頭？」

「七皇子此言差矣，這件事不能只看一面。」青鱗一派諱莫如深，「絳草對你我用處不大，但是在其他方面，說不準有很大效力。」

「比如呢？」

「比如啊……」青鱗目光一轉，「似乎能夠聚斂魂魄。」

「可有佐證？」太淵眼中閃過光亮。

「近來他的動向，你比我更加清楚。」青鱗垂目笑道，「你也知道，翔離這些年魂魄散失得厲害，他為此費了不少力氣，若不是絳草真對聚斂魂魄有效，他又怎麼會頻繁出入昆侖之巔？」

「這話倒是不假。」太淵略一思索，「可比起來，你今天特意前來告知此事，更讓我覺得不安。」

「那我就不囉唆了。」青鱗起身走到隔絕內廳的幃幕前，「和我一起去昆侖山吧！」

「我為什麼要去昆侖山？」太淵輕拂桌面，消去了上面的字跡。

「我以為，有些事不用說得太過明白。」

「也是。」太淵失笑，「我換個問法，為什麼你要去昆侖山？」

青鱗轉身過來，「我啊，想幫你一個忙，一個大忙！」

太淵吃不定他打的是什麼主意，只能微笑沉默，可等到笑都僵了，也沒有等到青鱗的下一句。

「怎麼不說說看，是怎樣的一個大忙？」

「總之你信我，此次昆侖之行，你必定有極大收穫。具體情形如何，我現在還不能透露給你知道。」

「倒是會賣關子！」

「許是認識七皇子你久了，不知不覺變得喜歡給人驚喜。」青鱗盯著他的眼睛，「我還記得你說過，正因為無法預料下一刻，才覺得這世界有趣。我只是想為你提供一些樂趣。」

「聽起來很有意思。」太淵也站了起來，「好吧，為了你這句話，我也該去一趟昆侖山。」

「如此說定了。天亮之後，昆侖山下再見。」看目的達成，青鱗拱手離開。

太淵坐回椅中，看著敞開的大門，露出了深思的神色。想了一會兒，沒有想到頭緒，卻想到方才青鱗總是有意無意瞧著那盞燈，不自覺地往內廳看去。

燭火映著蘭花，形影綽約，看似繁華卻太過空寂。

他不忍再看，抬頭嘆了口氣。

于飛宮屋梁高挑，垂落的長明燈未曾點亮，此刻一片黑暗，什麼都瞧不清晰。

但他知道，那藻井上雕著盤龍飛鳳，繪著並蒂蓮花……

5

崑侖之巔是仙家禁地。

這裡最出名的自然是三千年方能長成的絳草，不論對凡人、仙人，或是妖魔鬼怪來說，皆是妙用無窮的寶物。不過崑侖山是西王母的住處，山上宮殿林立，仙人如雲，那些覬覦寶物的仙魔人鬼，別說是見到絳草，就連靠近山頂都難以做到。

當然太淵不同，他此刻就站在崑侖山巔，抬頭望著上方七彩雲霓。而直至他到達山頂，靠近瞧見了這「瑞氣沖天」，方覺得不對。

這不像靈氣彙聚，反而像是某種力量滿溢而出，而且這種感覺……原來，青鱗是為了這個，才把他找來昆侖山。

什麼幫他一個大忙，不過是個幌子。只是青鱗想要絳草？誅神法器？還是……要他太淵的命呢？

太淵略帶無奈地嘆口氣，一個青鱗已經非常麻煩，加上那個棘手的人物，今日可要打起十二分精神來對付才行。

「七公子。」這時從禁地之中匆匆走出的西王母，見到他先是愣了一下，然後才知道行禮問好，「您怎麼也來了？」

「有些私事。」他眼睛一轉，問道：「裡面那位上仙有沒有和妳說，來這裡是為了什麼？」

「上仙不曾多說。」西王母搖了搖頭，「讓我帶路進了裡頭，便遣了我出來。」

「無妨。」太淵料到如此，「可有什麼奇怪的地方？」

「奇怪？」西王母想了一想，「恕小仙無能，實在看不出。」

「算了！是我問得不當，從他身上自然看不出什麼。」他從袖中拿出摺扇，晃了一晃，「妳且去吧。」

「是。」西王母被他們一個接著一個攪得疑惑重重，又不能多問，只能糊里糊塗行禮離開。

太淵又看了天上祥雲一眼，大步朝著洞中走去。

走過一塊又一塊巨石，越走太淵越是驚訝。他從前來過這裡，那時此處不過是一個空曠山洞，什麼時候成了這種模樣？

瞧這巨石排列的模樣，顯然是一個高明的陣式。陣式……太淵皺眉，忍下了對這個詞語的厭惡。

再走幾步，他瞧見了先自己而來的那人站在一塊巨石之上，白衣長劍，凜冽冰冷，高高俯望，只是看著背影就生出了幾分寒意。

寒華就是這樣，冷硬的性子千萬年也不曾改變半分，除了三百年前……

「太淵？」他一靠近，寒華立即察覺了。

「太淵見過叔父。」太淵一點足尖，飛上了距他不遠的那塊巨石。

寒華面無表情地望著他。

「叔父何須如此絕情？」他嘆了一口氣，說道：「我知道三百年前那件事後……」

「住口！」寒華冷冷斥責，「你還敢提這些，是不是想要提醒我和你算一算舊帳？」

「當然不是了。」太淵瞧著流光溢彩的石柱，「只是我原以為是絳草出世，沒有料想到這昆侖山上，居然藏有誅神法器。不知是哪一樣法器藏在了這裡？」

他心裡隱隱約約生出個念頭……

「誅神法器是你鍛造而成，連你都分辨不出，我又怎麼知道？」

「是嗎？我還以為叔父三百年前為那人求取絳草之時，曾經見過那法器原形才對。」他試探寒華，「不知是何種模樣？」

「你覺得是我列了這陣？」寒華聽出了他的想法。

「絳草生在這護陣之中，除此還有什麼可能？」太淵故作疑惑地反問：「我倒不知道原來叔父對於列陣之法也頗有研究，這護陣著實精妙。」

「也不是沒有其他可能。」突然冒出了第三個聲音，「要是寒華大人和列陣之人訂有盟約，又或者這列陣之人主動讓寒華大人入陣也是可以。」

至此，相關人等總算是到齊了。

「北鎮師青鱗？」寒華眼中的不屑顯露無疑，「我聽說你兩百年前死於手下的叛亂。」

「我也聽說你三百年前為了一個凡人神魂顛倒。」論起針鋒相對，青鱗豈會輸人，「可我看你現在還不是和以前一樣死氣沉沉？」

氣氛頓時僵硬起來。

「既然這陣不是叔父列下的，那就好說了。」太淵心裡好笑，臉上卻是若無其事轉向青鱗，「不知有沒有辦法解開護陣呢？」

「沒有。」青鱗說得斬釘截鐵。

「為什麼？」太淵愣了一下。

「這陣式列得近乎無懈可擊，要想闖入，除非硬破。」

「說是近乎，那就不是沒有破綻吧！」

「所有的陣式都有破綻，只是明顯和隱祕的區別而已。」青鱗仔細看了一看，「列陣之人利用天地靈氣彙聚之地列陣，完全遮掩了陣式的弱點。就算有能力硬破此陣，也難保不會把陣裡的事物一同毀壞。你如果是要陣裡的法器，不就是等於無法解陣了？」

「除了你，世上還有如此精通陣法的人物？」太淵半信半疑。

「天地廣闊，什麼樣的人物沒有？」青鱗嘲諷一笑。

話音未落，一道劇烈金芒從石柱迸發開來，穿透光幕，直衝而來。相距最近的寒華揮袖抵擋，雖然彈開了光芒，也被逼得後退一步。

太淵見狀知道硬擋不得，急忙展開手中摺扇，牽引著光芒繞過自己，直奔青鱗而去。

青鱗伸出手來，想要結印化解，可是出乎在場所有人意料，那光芒竟凝為一束，直直地刺進他的掌心。

太淵也是一驚，等到看見陣中那瑰麗石柱，更是忍不住驚呼一聲。

護陣消除，石柱分分明明地顯現了出來。三人幾乎同時躍起，直飛而去。

青鱗對著石柱擲出手中玉劍，寒華阻攔不及，玉劍直直刺進了柱中。到了此時，太淵已經猜出青鱗的打算，並沒有像寒華一樣阻止，而是趁他和寒華一緩之機，拔劍逼退兩人，第一個衝到了正在裂開的石柱之前。

他正要用劍劈開柱子，搶先得到其中法器，卻不想那裂口流瀉出強烈金光，亮得難以直視，他不得不用衣袖擋了一擋。

這一擋延誤了先機，青鱗和寒華眨眼就已趕到。太淵正要說話，不想青鱗驟然發難，一劍砍了過來！他倉促中舉劍迎上，兩劍相交，法力四溢，把整座昆侖震得搖晃不休。

太淵咬牙發勁，架開了青鱗的玉劍，一陣氣血翻騰，吐了一口血出來。他如此狼狽，青鱗也沒有得著好處，不但受了傷，連手中的劍都快要斷了。

青鱗丟開劍，露出了笑容。

「青鱗，沒想到你不是要毀法器，而是要傷我。」太淵回以一笑，「你這招用得真是恰到好處，連我也著了道。」

他們笑臉相對，四目交接，都從對方眼中看出了怨恨之意。

「好說。」青鱗看向左近的寒華，「只可惜站在旁邊的是他，要是換了別人，你現在已經不會說話了。」

「叔父怎麼會理會我們這些小輩的胡鬧？」

太淵其實傷得不重，但是為了降低青鱗的戒心，卻是用劍撐著身子，擺出一副力乏氣弱的模樣。

「不過，叔父想必不會讓我拿走這東西了……青鱗，你果然心思縝密。」

「多謝誇獎。」青鱗目露寒光。

「你們兩個聰明人，就是這種聰明法？」寒華突然開口，「連這是什麼都不知道，就開始你爭我奪？恐怕，是要後悔的。」

另兩人都是一愣。

然後，太淵察覺青鱗身後石柱出現了令人心驚的變化。斑斕石柱不知何時化成一道光芒，從那裡面，探出一隻手來。

五指修長，手背上是一條蜿蜒銀龍，與銀色護腕纏繞相連，輕薄的戰甲好似鱗片織就。

太淵心中一沉，露出異樣神色。

他當然認得這樣的龍形護腕，更認得這樣的銀鱗戰甲，認得這是屬於當年水族最高戰將的東西。

帶著驚疑，他看著那隻手環上青鱗頸項，滑進了青鱗衣襟，那張記憶中高傲狂妄的臉從光柱之中慢慢浮現。

當年千水城破之時，自己布下天羅地網，還是被他遁逃而去，從此成了心底一處隱憂。後來設計了那齣李代桃僵，不想卻反被他利用，空歡喜了一場。

到了今時今日，他竟然還能活生生出現在自己面前，實在是讓人難以置信。照著他一貫的性子，這一回定是不死不休，不能善了。

世事就是如此千折百轉，變化快得令人措手不及。那些凡人們不是喜歡說「山窮水盡，柳暗花明」？這樣的轉變，實在是讓人不勝惶恐，如在夢中……

「皇兄……」短短片刻，太淵心裡轉過了千百個念頭，想到了久遠之後，差點抑制不住要把喜悅表露而出。

是的，他狂喜至極，若是身旁沒有這些人在，絕對會忍不住笑出聲來。千算萬算，他怎麼也沒有想到，居然會在此時此地，尋到這麼重要的機會！前途終於不再渺茫，終於有了實質的希望。

太淵強壓下萬般情緒，振作精神仔細看去。

青鱗逃脫了鉗制，只是胸前鮮血淋漓，似乎傷得不輕，聽到他這聲「皇兄」，一下子就呆住了。

寒華此刻終於開口，對著從光柱中現身的銀甲神將說道：「你現在就醒了？我以為還有七百年才到時間。」

「還不是要多謝我可愛機敏的七弟。」那人凝視太淵，嘴邊浮現一抹嗜血微笑，「你說是不是啊，太淵？」

太淵露出慌張模樣，心裡卻笑了起來。

是啊！還真是錯有錯著，人算不如天算！

「北鎮師青鱗……」那人把目光放到了背對著自己的青鱗身上，聲音分外溫柔。

面色慘白的青鱗僵硬地轉過身。

那人離開了徹底化為光芒的陣心石柱，銀鱗戰甲熠熠生輝，將方才青鱗刺進去的玉劍一寸寸從臂上拔了出來。

「怎麼，不認識我了？」他撩開垂落在額前的烏黑頭髮，露出了嘲諷不屑的笑容，輕蔑地問著青鱗，「也對！當年你是瞎的，當然不能說認識我。」

「雲蒼。」青鱗像是要衝到他的面前，卻又像在畏懼著什麼一般停了下來。

太淵心裡哼了一聲，對於青鱗這般明顯的膽怯大感好笑，同時也生出了警惕。

青鱗這樣動搖，顯然用情極深，不知究竟深到何等地步，會不會成為阻礙？

「不對，奇練，要叫奇練才對。」青鱗失魂落魄地走了過去。

太淵心中一動，立即搶上前橫劍阻攔。

「別過去！」他警告青鱗，「你最好信我。如果你還不想死，就別靠近他。」

「他還活著。」青鱗一個激靈，頓時清醒過來，「難道你早就知道他還活著？」

「不，我不知道。」太淵沉下臉，「要是我早知道他肉身未滅，哪裡還能讓他躲到今天？」

這話絲毫不假，若是知道這大有用處的肉身就在眼皮底下，他又怎麼會等到今天？

「讓開！」青鱗勃然大怒，「我現在不想和你動手。」

「青鱗，別做蠢事。」太淵冷冷說道。

他正要把準備好的說辭講出，卻被一個毫無感情的聲音打斷。

「他不是奇練。」寒華如是說道。

太淵心中大恨。

「你說什麼？」青鱗皺眉，慌亂之情顯而易見。

寒華沒有理會他，轉向看得津津有味的那人：「我都不知道，你什麼時候變成奇練了？」

「我當然不是奇練，我怎麼會是那個沒用的傢伙？」那人語氣傲慢地回答，「北鎮師青鱗，你可看清楚了，我是共工六子，蒼王孤虹。」

這話一說出來，太淵扼腕嘆息，知道自己愚弄了青鱗多年，幾乎天衣無縫的謊話，終究無法繼續下去了。

「你好啊，太淵！」孤虹瞧著他，話語中充滿了危險，「懂得趕盡殺絕，你比我們都要聰明許多。」

「其實說到這個，我最早可是向六皇兄你學來的。」太淵沒有半點被拆穿的不安，老神在在地回道，「六皇兄當年不是時常親身教導我，目光必須長遠，可能成為威脅的，一定要盡早除去嗎？」

我太淵殘忍無情不錯，可你孤虹難道是什麼好人不成？

「不錯，你做得很好！」孤虹點了點頭，居然稱讚起他來，「說到深謀遠慮，我自認遠及不上你。你只是半龍，所以我一直看不起你，可是我現在不得不佩服你能做到這種程度。縱觀世上，心計能與你匹敵者，再無一人。」

「沒想到第一次得到六皇兄的肯定，竟然是在這樣的情況之下。」太淵用眼角餘光掃過呆住的青鱗和不知是何打算的寒華，「都怪我低估了你，沒想到你在重傷之下還能殺了大皇兄然後離開。其實我也知道，以大皇兄和六皇兄你積怨之深，要有機會，第一個容不下對方的。」

「實情如何，你我心裡自然有數，你會真不知道我有餘力反擊？你至多只是沒有料想到我最後殺的會是奇練，而不是北鎮師罷了。」孤虹笑著說道：「太淵，你也用不著套我的話來挑撥。我雖然不須向你解釋，不過既然寒華在場，那麼我說說也是無妨。不錯，我殺了奇練，只是因為我們雖然討厭對方，但我知道他救不活了，更不會高興自己臨死也被你利用。若是互換，他傷勢較輕，第一個也會動手殺我。」

這話是說給寒華和青鱗聽的。雖然青鱗此刻狀似呆滯，什麼都聽不進去，但寒華不一樣。

孤虹當年和奇練鬥得厲害，兩人為了拉攏寒華，明裡暗裡動了不少手腳，讓寒華甚是不滿，最後拂袖而去。後來熾翼兵臨城下，他殺了奇練獨自逃跑，免不了落下手足相殘的罪名。此刻這番話正是表明立場，顯示無辜無奈，以將罪責全部歸咎到太淵身上。

太淵暗裡罵他惡毒，面上卻只能一副委屈模樣。

「蒼王果然還是蒼王。」他面露苦澀，藉著這個話題發揮起來，「我只想著當日你一定是用了什麼禁咒裝裝樣子，絕對會留下後手想法子救治他，畢竟他對你……沒想到你真的把他一劍刺死了。」

「你就是太聰明了，有時候想得太多未必是件好事。」孤虹挑眉一笑，輕鬆化解了他的挑釁。

「皇兄所言不無道理。」太淵看了看青鱗，嘆道，「青鱗，你別怪我當天做了一點手腳。要知道，你若是真的化龍，對我來說，絕不是什麼好事情，我只是不想有朝一日死在你的手上罷了。」

青鱗渾身一震，終於聽明白了他話語中的暗示。

「太淵，我聽得不是十分明白。」青鱗轉了過來，盯著他的眼睛，「麻煩你解釋一下可好？」

「你需要怎樣的解釋？」太淵長長地嘆了口氣，「就像你聽到的那樣，他的確不是白王奇練，而是我的第六皇兄，蒼王孤虹。」

「不！不可能！這不可能！」青鱗一個箭步，揪著他厲聲質問：「那個人呢？那個人又是誰？」

太淵知道他在問什麼，他是在問，那時被孤虹轉世的傅雲蒼在天城山上一把火燒掉的，那具一直被以為是「蒼王孤虹」的肉身……

想想這些年，還真是出了不少事呢！

「你是問被無妄火焚燬的那具身體？」太淵微微一笑，「那當然是我的大皇兄，白王奇練。」

「什麼……什麼……太淵，你居然……你居然……」

看著青鱗宛如天塌下來一般的表情，想想他此時心中的惱怒震驚，太淵都開始為他難過了。

「其實也不能怪我，明明是你一直把我兩位皇兄混淆不清。」太淵再一次嘆氣，「我也不知道你怎麼想的，雖然那時你一直看不見東西，可我兩位皇兄截然不同，不但容貌，個性更是差了十萬八千里。我六皇兄明明為人驕傲，性子不是很好，你卻一廂情願地認定他為人和善。而我大皇兄一直以來待人有禮，從不說刻薄傷人的話，你又對我說他為人惡毒可恨。我有一陣都差點被你搞糊塗了。」

「你一直在誤導我……」青鱗指著他的手指不停顫抖。

雖然形勢不明，但是看到青鱗這樣狼狽，太淵十分享受。青鱗啊青鱗，你剛才不是要我的命嗎？我現在就讓你嘗嘗恨不得死了的滋味！

「我一開始大惑不解，後來慢慢就想通了。你之前一定受過我六皇兄的恩惠……雖然這可能性不大……但是偏巧你看不見，或者其他什麼緣故，你把『孤虹』當作了『和善的孤虹』。然後，你遇到了這個真正的、不怎麼和善的孤虹，又偏偏有那麼碰巧，陰錯陽差之下，你把他當成了『可恨的奇練』。」

他清清楚楚地告訴青鱗：「這也只能怪你城府太深，把什麼都放在心裡，又自視太高，不屑和其他水族來往。既然沒人知道你對我兩位皇兄的看法，又怎麼會提醒你這一切完全是一場天大的誤會呢？」

青鱗的臉色青白，眼珠都不轉了，幾乎就跟死了一樣。

「不論怎樣，你明明就知道我要的是誰！而你卻……卻把另一個給了我！」他說得聲嘶力竭，撕心裂肺，「太淵，我果然比不上你，就算再怎麼小心，卻還是被你玩弄於股掌之中！」

「你誤會了，青鱗。我一開始也想按照約定，把我六皇兄交給你的，可是你也看到他有多麼難纏了。後來我想，你既然是要那個『溫和體貼的孤虹』，指的就是我的大皇兄吧！如此一來，大家都能得償所望，不是很好？」

「好什麼?好什麼!」青鱗抓著他衣襟,用力得指節發白,「你當年居然對我做出那樣的事來!」

「什麼事?」太淵故意問他:「你指的可是那件事嗎?」

「我問你,我當時吃下的……那是……那是……」青鱗說了一半,怎麼也說不下去了。

「那是我的。」

青鱗手一鬆,慌慌張張地轉過身,茫然無措地看向孤虹。

「北鎮師青鱗。」孤虹按著心口,「你一萬年前吃下的半顆龍心,那是我的。」

那神情、那語氣,讓心中得意的太淵一個恍惚。

你把這心給紅綃吃了吧!祝你們天長地久,永不分離……

那時……他也是按著胸口,平靜地說著……可這話好似詛咒一般,日夜縈繞,無休無止……

太淵呆呆地看著自己空無一物的掌心,一旁的爭執之聲,彷彿已經離得很遠很遠。

「我不管什麼兩百年前不兩百年前，總之，北鎮師青鱗，你如果夠聰明，就自己把心奉上，要是讓我動手，恐怕你留不下全屍。」

太淵回過神來，聽到孤虹這麼說，情知他準備動手，急忙搶在青鱗前面開口。

「請等一下，六皇兄。」他故作疑惑地詢問孤虹，「六皇兄，你不認得他了？」

「北鎮師？我怎麼會不記得，化成灰我也認得他。」孤虹挑眉，「太淵，你急什麼？我是不會忘了你的，下一個就輪到你了。」

「我是說，皇兄你……最後只是在千水之城被破那日見過他？」太淵此刻已經定下心來，自然不會懼怕他的狠話。

「我一直覺得他很討厭，沒想到他居然有膽和你勾結，解開了北方界陣，讓火族大軍直殺到千水之城，以致我們措手不及，全族覆滅。」雖然對著太淵說話，孤虹的眼睛始終盯著青鱗，「也許你有你自己的理由，太淵又太擅長利用他人的弱點，這都是他的陰謀。可是，你吃了我的半心，不論其他，只這一點，你就罪無可赦！」

「果然忘了！」太淵搖頭，「青鱗，他都忘了，你說這是好事還是壞事？」

青鱗渾渾噩噩，似乎受到了極大的打擊。

孤虹看了太淵一眼，突然躍到青鱗面前，放軟了語氣問：「青鱗，看你的樣子，好像真的有什麼隱情。我不想聽這個老是胡說八道的太淵告訴我，不如你來說說，到底是怎麼一回事可好？」

太淵目光一凝，垂下的手不經意放到腰畔劍上。他十分清楚，孤虹這人越是和顏悅色，就越需要提防。

下一刻，孤虹果真發難，五指成爪迫他後退，又轉往青鱗刺去。青鱗像是徹底傻了，竟然不知抵擋。

眼見著青鱗在劫難逃，太淵屏氣凝神，目不轉睛地瞧著。孤虹的手指卻停在青鱗胸口，非但沒有再往下刺，兩人還目光交纏，在那裡你看我我看你。

太淵異常失望，拔劍斬了過去。

「且慢！」太淵逼得孤虹退開，朝他問道，「六皇兄，你知道這最近這三百年來發生了什麼事情嗎？」

「你是用這種態度和我說話的嗎？或者你是在提醒我，要和你先來清算清算？」孤虹重新踏上一步，「太淵，我真是好奇，你在這一萬年裡難道都不會作噩夢？我記得你自幼和奇練親近，竟也忍心害死了他，他可曾到你的夢裡，問你討個說法？」

「六皇兄，大皇兄是你殺的。」太淵提醒他。

孤虹忽然笑了，笑得陰冷狡猾，讓太淵極不舒服。

「我知道你怨恨父皇，也怨恨我，其他人就更不在話下了。我不說別人，只說兩個人。一是奇練那傢伙，不說他和你親近，單說後來要不是他冒死為你求情，父皇又怎麼會饒過你的死罪？至於第二個，你可還記得火族的赤皇熾翼？」

太淵心中一動，登時變了顏色。

「記得的，對不對？」孤虹聲音轉冷，「我覺得這人著實討厭至極，他向來自以為了不起，喜歡為人製造麻煩，做事從沒有章法可循。可是他對你倒是好得出奇，要不是他救了你，你早就化成了灰。」

「在戰場上……要不是皇兄你助了我『一臂之力』，又怎麼有機會讓他救我？」

太淵再也掛不住笑臉。

「不，我說的不是那次。」孤虹知道踩到太淵痛處，很是高興，「你並不知道吧？那一次你被綁在不周山上受萬雷之刑，救你的那位，並不是可愛的紅綃公主啊！」

太淵嘴唇動了半晌，才問出一句：「你說什麼？」

「就是在說你聽到的事情。當年，那個冒著危險從不周山頂把你救回來的，是赤皇熾翼。我還清楚地記得，他為了護住你，被天雷擊傷，折損了萬年的修行。他明知道父皇最恨人和他頂嘴，卻還硬是要求父皇放過『沒有做錯的太淵』，後來就被父皇打了一掌，吐得滿地是血，差點命都搭上了，這才保住了你的小命。」

孤虹痛快地說了出來：「可你怎麼回報他的？就算猜也猜得到，火族後來也真的滅在你手裡了吧！你說，如果他知道你後來會那麼對他，會不會後悔拚了命救你這不知感恩的傢伙呢？」

這些話，太淵當然不信，這不過是孤虹的詭計……

「你胡說！」

「我會胡說，總有不會胡說的人吧！」孤虹示意他問一旁的寒華，「你問寒華，看我說的是不是實情。」

太淵心漸漸往下沉，掉頭看著寒華。

「的確如他所說。」寒華點頭證實，「赤皇為了救你，曾經折損了幾乎近半的修為，所以後來我才能輕易把他引進誅神陣裡。說他最終是為你而死，也是應該。」

太淵只覺背脊一冷，再也沒有辦法安慰自己這是孤虹的謊言。

「你……」他心頭大亂，隨即意識到此刻分心不得，只能強自摒除雜念。

眨眼之間，他已揚袖出劍，直刺孤虹。

孤虹冷哼一聲，手中現出長劍，架住了他的攻勢。

「太淵，這麼著急做什麼？」他語帶嘲諷，「還是你以為你當年差點成功，現在也能隨手殺了我？」

若說陰謀詭計，他自認有所不及，但是要比法力劍術，他相信太淵絕不是自己的對手。

「不敢。」太淵輕彈手中長劍，「其實我一直認為，若是由六皇兄執掌水族，這世間現下就會是另一種局面了。比起父皇的剛愎自用，大皇兄的心慈手軟，六皇兄雖然高傲自滿了些，但懂得順應情勢，也聽得進他人勸諫，更適合當一個帝王。所以，你是擋在我面前的第一個障礙。」

「聽起來，不像是在懺悔。」孤虹嘴角輕揚，「可這樣才像是你該說的話，老是裝成唯唯諾諾的濫好人，你都不覺得難受嗎？」

「在水族之中，只有六皇兄你懂得我的心意。」太淵舉起長劍，「所以，我絕不怪你三番兩次要除去我，換了是我，與許手段還要徹底些的。」

「不是我手下留情，只能說你運氣實在不錯，或者說，你比我所能想像的要厲害上太多，畢竟這世上最難的就是這『忍』字。」

孤虹也執劍相對：「父皇奪你心中所愛，害死你的母親，換了別人就算不以死相拚，恐怕也奮而抗爭。也難為你能隱忍多年不發，慢慢設下陷阱，離間他身邊每一個人。他到最後死在你的手上，真的是一點也不冤枉。」

「他那樣的人，哪裡配做我的父親！」太淵不屑地說道，「就是因為我心中恨他入骨，所以才要慢慢地讓他眾叛親離，讓他自食惡果。我要他連死了也不明不白、糊里糊塗。至於那些侮辱了我的、嘲笑了我的、輕視了我的，更是不在話下。」

「這麼多年以來，我第一次聽見你說真心話。」孤虹笑著說：「太淵，我突然有點欣賞你了。你也許虛偽狡詐、心狠手辣，可你真正出色的就是這種永不放棄的執著和堅忍。」

「六皇兄。」太淵裝模作樣地朝他行禮，「你的君王之心，也向來令我敬重，可是……」

孤虹和寒華同時變了臉色。

太淵得意一笑，劃出一片劍光阻擋兩人，自己迅速往後退去，到了方才孤虹藏身的光柱前，伸手往裡抓去。

「寒華！」孤虹大聲疾呼。

稍快一些的寒華被孤虹這麼一喊，不由得頓了一頓。太淵拿起自光柱中得來的銅鏡，對著身後的寒華照去，原本暗沉的鏡子發出熾烈光芒，將寒華籠罩其中。

寒華噴出一口鮮血，直挺挺地向後倒去。

太淵大喜過望，正要上前補上一劍，橫裡飛來一塊巨石，朝他撞了過來。他連忙手腕一翻，收回銅鏡，躲避孤虹接二連三投來的巨石。而孤虹趁著這時拎起了寒華，朝洞外竄去。

太淵左右閃避，好容易繞過成堆的巨石，不料眼前只餘了孤虹，不見寒華的蹤影。孤虹一劍飛來，險險刺中他的面目，太淵側身閃避，不料一陣地動山搖，他只覺眼前一黑，呼吸不得，被埋到了砂礫石塊之中。

6

天空灰暗，陰雲低沉。他睜開了眼睛，茫然四顧。

這是哪裡？為什麼會在這裡？

突然，一道道刺目閃光劃破天際，驚心動魄地落了下來。

似乎在很遠的地方，有人在喊他的名字。

滿目鮮紅！

紅色鋪天蓋地籠罩了過來，占據他的視線，接連不斷的巨大響聲被阻隔在了外面。他睜著眼睛，看到那張美麗的臉龐一片慘白，鮮血沿著嘴角滑下，一滴一滴地落到自己臉上。

太淵，沒事了……

那人伸出手，為他拭去臉上的鮮血，溫柔地安撫著。那雙光芒流轉的眼眸之中，只有他的影子……

太淵回到東海的時候，一身塵土，滿臉疲憊，他甚至不太清楚自己是怎麼回來的。只記得回過神，就站在了千水城外的白玉長橋之前，看著白色巨龍一圈一圈繞著橋身翻騰纏繞，在曚曨水汽之中若隱若現，宛如活物一般。整座宮城似遠又近，在半空中露出邊角輪廓，怎麼也看不清晰。

他站了許久，看了許久，直到白日將盡，方才一步一步沿著長橋走了過去。

這座橋很長，往日飛身來去，他都忘了這座橋有多長多遠。慢慢走著的時候，他突然想起，許多年前的某一天，千水之城裡那場盛大的喜事。

那個時候，他和許多同族異族一起，站在這個地方迎接水神共工新娶的帝后，那個曾經和自己訂下婚約，又被自己父親強行奪走的火族公主。

他還記得那一天，處處都是刺目的雪白鮮紅，自己卑微地彎著腰，恭賀自己的父親和父親的新婚妻子，心裡滿是痛苦屈辱。

所有人都在心裡取笑他，可憐他，覺得他是懦弱無能之輩。只有一個人，對跪著的他伸出了手，把他從冰冷的地面上扶了起來，試圖平復他被重重傷到的內心。

可是當時的他，實在是恨透了被人憐憫。他發了誓，終有一天，會讓所有瞧不起自己、踐踏自己的人後悔莫及。

後來他做到了，這座城池歸他所有，那些羞辱過他的人，都一一嘗到了苦果。連那個處處維護著他的人，也不在了……

太淵抬起自己的手，認真地看著。

那個時候，以為抓住的是紅綃呢！不過……想想也是，天雷坪那樣可怕的地方，紅綃怎麼會有本事衝進去救人，還能毫髮無傷？所以說太淵，你真的不知道嗎？你真的不知道那個救了你的人是誰嗎？

「我應該是知道的。」他喃喃地說：「我知道不是紅綃，我知道是他。可是，就算知道了又能如何？」

衝進天雷坪的應該是紅綃，那樣太淵才有理由恨得更深，即便真相並非如此……

「活在世上，怎麼可能事事隨心，總是要錯過一些的。」太淵把雙手負在身後，抬頭看向遠處。

透過水霧，落日把天邊暈染成淺淺緋紅。壯闊優美的景色，讓人心生眷戀，可隨著暮色漸濃，美景便一分分漸彤暗淡。

就算沒有錯過，那又能如何？好似西馳落日，一切已然逝去，如何能夠追回？

太淵閉上眼睛，覺得夜風沁寒，陰冷入心。

千水城下，隻身煢影……

惜夜百無聊賴地坐在樹上，對著天空打哈欠。

今夜滿天烏雲，一顆星星都看不到，實在不適合乘涼賞月。可是他的床被一個不請自來的傢伙占了，害他只能三更半夜在外面喝著露水，感嘆世事無常，報應不爽。

不過真沒想到，居然能夠看到這樣神奇的事，多少也算有點安慰了。誰能想得到，看起來天上地下無人能敵的寒華，居然會有這麼可憐柔弱的時候！

話說，從很早以前開始，他就對寒華十分好奇。

寒華是上古異獸，真身是長白山上一尾靈狐，雖然和普通的狐狸定是不一樣的，但狐狸……不就是狐狸嗎？狐狸走路扭來扭去，笑起來嫵媚可愛，喜歡不停眨眼睛，為什麼寒華完全不會那樣？他冷冰冰的，冷冰冰的，冷冰冰的……除了冷冰冰還是冷冰冰的！

要是寒華眨著眼睛笑咪咪，還扭來扭去地……惜夜捂住嘴，決定永遠埋葬這個疑問，免得再也吃不下飯。

「你在那裡幹什麼？」有人在樹下喊。

「娃娃臉？」他低下頭，看著那個把臉皺成包子樣的孩子，擺出「不懷好意」的表情問道：「漂亮的美人醒了沒有？」

「臭妖怪！」那張娃娃臉立刻拉長了，「不許對我師父無禮！還有，我跟你說過多少遍了，我叫蒼淚、蒼淚！」

「不要！」他給了蒼淚一個下巴，「娃娃臉！娃娃臉！」

「你！」娃娃臉氣得臉都紅了，「我討厭你！」

「什麼啊！」他笑了起來，「我還以為你很喜歡我。」

那個時候不是時常跑來偷看的嗎？不過，應該記不得了。

「誰喜歡你了！」蒼淚七竅生煙，在原地跳腳，「死妖怪臭妖怪爛妖怪！」

看來，他不太懂得罵人，也不喜歡學習，不然也不會翻來覆去拿什麼什麼妖怪來作文章。

「你那個美人師父呢？」惜夜逗他逗得夠了，跳下樹來，「他傷得很重嗎，怎麼到現在還不醒？」

蒼淚往後退了一步，防備地問道，「你怎麼知道我師父傷重會沉眠自療？」

「睡覺還能療傷嗎？」他故作懵懂，「我以為他是被人打暈了！」

「真的？」蒼淚瞇起了眼睛。

啪的一聲。

蒼淚捧著頭蹲到地上，淚眼汪汪地喊，「好痛！」

「醜死了！」他甩了甩手，心情變得差極了，「誰不像，居然像那個混蛋！還瞇眼！」

「我要告訴無名！」蒼淚抱著頭哭訴道。

「去吧去吧。」他擺擺手，就像趕蒼蠅一樣，「你快點去，我正好去看看你那漂亮的美人師父，然後……」

「你想幹什麼！」蒼淚跳了起來，「你想對我師父做什麼？」

「你說呢？」他曖昧地眨了一下眼睛。

「不可以！」蒼淚立刻推開他，緊張地跑回屋裡把門關上，隔著門大叫，「你這隻下流的妖怪，不許靠過來，不然別怪我不客氣！」

惜夜大笑了一陣，跳回樹上，舒舒服服地躺了下來。

總算清靜了！不過，那孩子以為自己會對寒華做什麼？在他臉上寫「我是狐狸精」，把他的頭髮全部編成小辮子，在他頭上黏兩隻毛茸茸的耳朵……

接下去很長一段時間，屋內的蒼淚聽到惜夜斷斷續續笑個不停，覺得毛骨悚然。

東海，明月當空，太淵沿白玉鋪就的道路，映著清冷月光，慢慢走到了一處宮苑。草色碧綠，幾乎遮住了腳背，通往苑門的臺階也青苔縱橫，杳無人跡。

這裡看來許久沒人出入，只有門上那塊匾額，在雪白的底色上，用朱砂題了「莫離」兩字，分外醒目。

這兩個字，出自水神共工之手，筆鋒婉轉，不論從意從形，都纏綿多情，惹人遐思。

無論什麼時候，看到這兩個字，太淵都只覺得好笑。

莫離？莫要離開？

太淵笑著上前，輕輕推開了緊閉的大門。

門後是一片亭廊，和門外一樣，原本精美的庭院無人打理，已是一派荒涼。繞過爬滿藤蘿的花窗，看到池塘邊亭臺上端端正正坐著的人，太淵收起了笑容。

他走過去，在那人身畔坐下。

明月幽幽，照在那張秀美的臉上，越發顯得一片木然，毫無生氣。

「孤虹舊傷未癒，我也不是他的對手，護族神將果真難纏。」太淵看了看身上還沒來得及更換的衣服，皺起眉頭，「加上青鱗，只怕是好大的麻煩。」

他拂去身上殘餘的塵土，拿出袖裡的摺扇仔細擦拭。

「蝕心鏡我本當另有用處，卻一不小心被孤虹得去了，到現在才回到手裡。得了鏡子，傷了寒華，這一趟昆侖之行雖然有些出乎意料之事，但對我來說，倒是好處更多。」

好。

他把扇子擦得乾乾淨淨，在手裡翻看了一會兒，確定沒有損壞，方才滿意地收

「紅綃，我不怪妳，妳也不要怪我。」他勾起嘴角，對身邊那個毫無表情反應的女子說道，「妳與我有些地方很像，妳肯定能理解我的。」

紅綃眼珠緩慢地轉了一轉，瞧了過來。

「這些年我不和妳說話，也不常來看妳，實在是因為我怕看見妳，就會想起過去的憾事。」他拉起紅綃的手，輕輕拍了一拍，「還好妳能救得回來，不然，我真是不知道該怎麼辦才好。」

紅綃蹙起纖細的眉，似乎聽不懂他在說什麼。

「不過妳少了一魂一魄，始終不能恢復完全，我很心急啊！」太淵改抓住了她紅色的衣袖，放到唇邊，喃喃說道：「妳要快點恢復，我都等不及了……」

紅綃像是受了刺激，突然渾身顫抖，把衣袖扯了回來。他手中一空，臉色不禁變了，隨即卻又放柔了表情。

「生什麼氣呢，應該高興才對。」太淵幫紅綃拉了拉披肩，「過些時候，等我集齊翔離的魂魄，再和妳的魂魄融到一起，去掉那些不純之血，此後妳非但魂魄完整，還能變成純血火族。妳以前不是一直羨慕回舞？妳很快就會和她一樣了，高不高興？」

他的手指劃過紅綃鬢邊，看著紅綃露出懼意的目光。

「怎麼，妳覺得這個法子不好？」他略作沉吟，「這的確是下下之策，可惜啊！若是能找到那個孩子……」

紅綃的反應頓時激烈起來，可被太淵一手壓在肩上，動彈不得。

「我嚇到妳了？」太淵有些惶恐地說：「別怕，我只是說說的！妳瞧，找了這麼多年，不是連一點音信也沒有？妳的魂魄還不完整穩固，可千萬不能亂來！」

紅綃停下掙扎，望著他的眼睛浮起了驚恐。

「抱歉，妳看我這胡言亂語的。」太淵安撫著她，「我今天敗在孤虹手上，心裡難受才會口不擇言，妳別當真。」

「孤……」

「孤虹。」他很有耐心地解釋，「就是我六皇兄，水族的護族神將，蒼王孤虹。」

「蒼……」

「妳都不知道，我還真是挺狼狽的，差點就回不來了。」太淵搖了搖頭，「他實在讓人頭痛，要想個法子……應該趁著這個機會，先把寒華給……」

他聲音漸弱，似乎是想什麼想得出了神。

紅綃慢慢地挪動，試圖從他手中逃開。

「他那個時候傷得很重吧！」太淵表情有些恍惚，沒頭沒尾地說，「後來看到的時候，他臉色很不好，萬雷焚身還有共工……他一定傷得很重……」

他看著紅綃，突然站起身來，紅綃不由自主縮起了肩膀。

「我走了，下回再來看妳。」太淵一派和顏悅色，「我會等著，妳可一定要成為純血的火族公主！」

要成為……純血的火族啊！

十五，月圓。

太淵站在整座山谷中那株最高大繁茂的櫻花樹上，觀察著盤腿浮於半空的寒華。

看起來，竟是痊癒了……太淵皺起眉，心中疑惑越來越深。

最近這些日子，他總有不好的感覺，似乎有什麼事情正超出自己掌握，朝著無法預計的方向發展。

是什麼人在背後操縱這一切？

「你終於還是找來了。」寒華毫無情緒的聲音在他耳邊響起。

昆侖之巔，惜夜對著滿目瘡痍的石陣，忍不住皺起眉頭。眼前一片碎石斷岩，哪裡還有半株絳草？縱然世上有其他代替絳草的寶物，一時間要到何處去尋？

惜夜一陣懊惱。

這些年來，他當然知道無名心中有著眷戀極深的人，只是怕觸及心傷，不敢多問，沒想到那人居然會是寒華。而且歸結原由，還是出在太淵身上。

兜兜轉轉這麼多年，終究撞到了一處，也未免太過巧合。又或者是……天意弄人……

他走出山洞，山風吹得衣物獵獵飛舞，他拉下了遮擋面目的黑紗。手指拂過臉龐，在腦海中浮現出無名溫柔輕語的模樣，他目光一陣黯然。

無名生氣斷絕，全仗著炙炎神珠保全性命。炙炎神珠本是祝融精魄，祝融又是天地炎陽之氣所生，所以只有無名列陣，才能抵擋得住玄陰寒氣。

逆天返生之陣講究陰陽恆一，會不停汲取陰陽之氣，雖然這樣對無名的身體傷害極大，但也未必全無好處。

炙炎神珠陽氣太盛，凡俗肉身終有一日負擔不起，只有列陣之時慢慢壓制，再待陣式完成之時，尋到憑日月精華而生的神物，就能讓他真正把神珠融入魂魄，永絕後患。

可是算來算去，終究算漏了一著。誰能料想得到，就在這麼關鍵的時候，蒼淚那孩子突然出現不說，還帶來寒華。而且看上去，太淵也很快就會跟著出現。

這些年太淵和青鱗頗有默契，太淵暗地裡來看過幾次，自己都小心避開了，但這回避無可避，怕是要正面撞上。

惜夜嘆了口氣，正尋思間，天邊泛起一道白光直衝雲霄，光照處雲層消弭，天空宛如破了一個大洞。

「這是……」他慌了神，頓時手足無措。

逆天返生之陣？為何已經完成？為何會被啟動？為何……他不及多想，立即飛身而起，朝著山谷趕去。

玄陰之穴中央，繪於地面的陣式繁複糾結，有如重重羅網，把無名困囚其中。

不，設下這奪命羅網的……是自己才對！

惜夜一陣暈眩，幾乎站立不住。

「沒有絳草了，這世上的最後一株也已用盡了，無名……」

「這是他自己的決定。」拉住他的蒼淚說道。

「你知道什麼！你為什麼要施法制住我？明知世上已經沒有绛草……」惜夜用力甩脫他，眼睛瞧著陣式中央的無名，喃喃地說道，「你為什麼……還要答應我？」

無名，為什麼這麼傻……

「我沒有答應過你任何事，何況，我並不認為無名希望那樣。」蒼淚以為這話是對自己說的，於是答道，「不論無名在做什麼，這都是無名自己做的決定，他知道會有什麼後果。惜夜，不要太任性了，有些事不是你想改變就能改變的。」

熾翼，不要太任性了，有些事不是你想改變就能改變的。

惜夜望著他，彷彿能夠透過他，瞧見千萬年前，東溟看著自己時那充滿憐憫的目光。

「我錯了。」惜夜苦澀地笑了起來，「我本以為你是她的兒子，你和他們是不同的。其實，你們都一樣，一樣的血脈註定了一樣的性情。」

靈翹……妳可曾看到，這便是妳和共工的兒子……

蒼淚聽不懂他在說什麼，疑惑地問：「你說什麼？你在說誰？」

惜夜搖了搖頭，不願再多說。

「為什麼別人都該為你們的願望作出犧牲？你們可曾想過別人的心情？」他看著那光芒環繞之中的無名，不無悲涼地說道，「無名，你真是個傻瓜，總是一個勁地追在遙不可及的奢望之後，徒勞地想抓住什麼。你看吧！別人只當你是個笑話，他們覺得，你所做的一切永遠是理所當然的。」

熾翼如此倒也罷了，當是自作自受，是狂妄自大的報應！可無名你又是何苦？

蒼淚自身後抓住他的肩膀，問道：「惜夜，你到底是什麼人？」

是什麼人呢？即便曾睥睨天地，也早就走到了盡頭……如今，不過就是個「人」罷了！

「對於你們來講，我們是什麼重要嗎？你們是上古之神，你們可以任意決定所有的事。你們從來不懂得珍惜是什麼，對於你們來講，什麼情啊愛啊，不是無用的試煉，就是消遣的玩物吧！」

在太淵心裡，或許熾翼曾經是巨大的障礙，但如今，至多只是一段記憶了吧！

「你不要胡說，我從沒有那麼想過。」

「真的嗎？」他甩開蒼淚的手，「你們冷血的水族，根本就不懂得什麼叫情。寒華根本就配不上無名。」

「你要去哪裡？」蒼淚在他身後大喊。

「我去殺了他。我從來不信，這世上會有什麼宿命。」什麼註定，什麼命數！既然無名會因寒華而死，那只要殺了寒華，無名便不用死，只要殺了寒華……

遠遠瞧見寒華被一劍刺中，兩人錯身而過，刺人的和被刺的，面上都閃過了驚訝之色。再看寒華，毫髮未傷，身上穿的白衣卻裂了一道口子，渲染出一片鮮豔血色。

惜夜知道自己慢了一步，急怒攻心，揚起鞭子抽了過去。

「我殺了你！」

寒華毫無表情地避開，胸前衣衫上的那道血痕晃動，刺痛了惜夜的眼睛。若是還有眼淚，他恐怕早已落下淚來。

「惜夜！」蒼淚急匆匆追上，想要奪走他手裡的鞭子，「你不要亂來！」

他毫不理會，鞭子狠狠甩向寒華，恨不得把這無情的傢伙打個粉碎！

「你把他還給我！」沒有無名，又何來惜夜？

他瘋狂的模樣讓寒華皺起了眉頭。

「惜夜，快住手！」蒼淚在一旁大呼小叫，生怕他惹怒了自己的師父。

寒華哼了一聲，屈指一彈，鞭子頓時一分為二。惜夜手上一輕，停了下來。

蒼淚趕忙抓住他，嘴裡還在勸說。

惜夜愣愣看著手中斷鞭，又看了看寒華，只覺渾身上下一陣冰涼。

可是惜夜……又怎麼是寒華的對手？

「不對不對，那人現在八成已經沒了性命。」一個萬分熟悉的聲音，在他耳邊響起，「唉，實在可惜，這世上會移魂替身的人可不多了。」

移魂替身……無名早就算出了有這一日，才會堅持讓自己教他！惜夜渾身一顫，猛地驚醒過來。

「放開我吧，我如今可沒本事殺他，這法術也沒有辦法逆轉。」他長長地吁了口氣。

「惜夜。」

「惜夜？」他覺得好笑，「這是我的名字嗎？」

有一段時間，他以為自己真是「惜夜」，沉浸在自己編造的謊言之中，做了一場毋須背負過去、不必擔憂未來的美夢。只是可惜，夢都會有醒來的時候。

「你怎麼了？」蒼淚縮了縮肩膀，不知不覺鬆開了鉗制。

「別這麼沒禮貌。」他撫摸著自己被握痛的手腕，「論輩分，你還不夠資格叫我的名字。」

蒼淚往後退了一步，驚疑不定地望著他。

「太淵，怎麼你過了這麼多年，還沒有放棄嗎？」他抬眼看向不遠處，那個一襲青衣、笑意盈然的太淵。

「這位公子的話，請恕在下不太明白。」太淵眼珠一轉，上下打量著他。

「你對她的情真有那麼深嗎？你有沒有問過自己，這麼做值不值得？」

要多麼深厚的感情，才能在這麼漫長的歲月消磨之後，依然初衷不改？何況如此苦心費盡，不過是為一個搖擺不定的紅綃……太淵，你究竟是聰明絕頂還是笨得可憐？

太淵面色變了。若此刻有人站在太淵近前，定能看到他眼瞳霎時收縮，可就算看不到，惜夜也能夠猜得出來，他此刻心裡一定已是起了驚濤駭浪。

「不過是一千多年不見，你真的連我都認不出來了？」惜夜對他笑著，手指拂過早就空無一物的鬢邊。

太淵手一鬆，摺扇啪的一聲落到地上。這輕輕一聲，落在他自己耳裡，卻如驚雷一般，震得胸中顫抖不休。

他閉了一下眼睛，再睜開時，眼裡映入了在陰影中若有似無的身影，越看越覺得暈眩，心口一陣陣地麻痺疼痛，差一點立刻轉身逃跑。

雖然模樣變了，但是眼前分明是……

他想要確認一聲，嘴唇開合了半晌，還是發不出任何聲音。

「熾翼！」這個時候，寒華冷冰冰的聲音傳了過來。

太淵閉上嘴，眼中泛起重重光華。熾翼也不理會他，只是和寒華、蒼淚說話。

太淵看著，幾次想要開口，話到了嘴邊卻無法出口。

該說什麼呢？

熾翼，好久不見！

熾翼，你原來沒死！

熾翼，你明明活著，卻躲了我這麼多年，如今總算捨得出現了？

熾翼，既然你不想見到我，又為什麼出現在這裡？

熾翼，你知不知道，我有多麼地……多麼地……

「熾……」

「既然都是多年不見的故人，今夜之事，能否暫時罷手？」惜夜轉過身來，顯然是在對他說：「過了今夜以後，不論你們要怎樣拚個你死我活，就跟我們一點關係也沒有了。」

我們？什麼「我們」？怎麼我成了「你們」？你又是和誰成了「我們」？

太淵動了動嘴唇，最後還是忍住沒有質問，僵硬地點了點頭。下一刻，惜夜突然朝著寒華跪了下去。

「熾翼！」太淵驚駭不已，差點就衝了過去。

怎麼可能？熾翼怎麼可能對人屈膝下跪？

「我知道現在的我已經不是你的對手，所以，我現在是在求你，求你去見一見無名。如果是現在……還來得及見他最後一面的。」熾翼的聲音乾澀，竟還朝著寒華叩拜下去，「求求你了，無名他……一定希望，最後能陪在他身邊的，能夠是你。」

「熾翼，你在做什麼？」太淵用只能自己聽到的聲音在問：「你到底在做什麼……」

寒華脫下了那件染血的外袍，隨手丟棄在地上。熾翼慌忙搶到手中，如同珍寶一般護在身前。太淵瞧他抱著一件衣服，像是要哭出來一樣，忍不住生出了迷茫。

熾翼？不！熾翼怎麼會露出這樣的表情？就算是當年，到了那樣的地步，熾翼也不曾流露半分痛苦，更沒有表現出一絲留戀。

這個人……不是熾翼！熾翼不是這樣的，熾翼他怎麼可能……

「為什麼要愛上你，若他愛的是我，那該多好……」

回過神來，卻聽到眼前的「熾翼」對著寒華說了這麼一句。太淵腦際轟然作響，一時間什麼都顧不得了！

「熾翼！」眼見著寒華走遠，熾翼像是想要離開，太淵躍到了他身後，竭力掩飾著自己的慌張，「你這是要去哪裡？」

熾翼回過頭來，臉上滿是疏離陌生，用沒什麼起伏的聲調問他：「太淵，我跟你之間，還有什麼好說的？」

「你剛才對寒華說的，是不是表示，那個人是你心中仰慕？」他沒心思去想熾翼話中的意思，滿腦子只有這麼一個疑問。

「你我心裡都很明白，火族的赤皇在一萬年前就已經死在了誅神陣裡，不過是因為你的私心作祟，這個叫熾翼的失敗者才殘存了下來。」熾翼嘴角勾起了冷笑，「一千五百年前，我用熾翼的心和你交換了自由，從那一刻開始，我不過就是個神智失常的軀殼。」

太淵緊緊地盯著他，忍不住暗自握緊了拳頭。

「直到三百年前，在煩惱海裡，我遇見了無名，他為我取了名字，許我一個嶄新的開始。」熾翼臉上的笑容柔和起來，「我和你之間的恩恩怨怨、情情仇仇早就過去了，對現在的我來說，他才是最重要的。」

他在胡說些什麼？太淵瞇起了眼睛。

「你這個樣子，只是因為你覺得自己的驕傲受到了打擊。」惜夜一臉嘲諷地看著他，「不過話說回來，我一直就覺得，你根本不配和無名放在一起比較。」

「為什麼？」

「只要看這一點就知道了，要是我愛上了無名，他絕不會要求我為了愛而剜出自己的心。」

太淵的臉上霎時一陣青白。

熾翼冷笑著說：「你根本就不懂什麼是愛，你說自己深愛著她，只是一個天大的笑話。」

看他當著自己的面轉身離去，太淵冷著臉，用盡了所有的意志克制著，告誡著自己不可以衝動行事。

但那個「無名」，到底是從什麼地方冒出來的！「若他愛的是我」究竟什麼意思？熾翼到底為什麼要那麼說？

思量間，黑色的背影漸行漸遠，就要消失在視野之中。

「該死的！」太淵低低咒了一聲，急忙追了上去。

7

夜幕降臨，東海水波粼粼，泛著清輝脈脈。太淵半倚躺在長榻上，沉睡的熾翼靠在他胸前，偌大宮殿中唯有一盞孤燈。

這麼安詳平和，彷彿白日所發生的那些事，好比孤虹化龍破陣，青鱗慘烈橫死，只是一場夢境。

「那些無關緊要……」他喃喃地說著，收緊了懷抱。

雖然青鱗死性不改，死前還從自己手裡騙走洌水、炙炎，孤虹必定因青鱗之死對自己恨之入骨，如今東西落到他的手裡，能拿回來的希望實在渺茫……不過那又能算得了什麼？

如何設計，怎麼應付，都留到日後再說吧。

「這臉真是難看。」話是這麼說，但他一直緊緊把人摟在懷裡，眼睛都不眨一下地盯著，像是生怕一不留神，這個人就會從眼前消失不見。

有多久了？好像才幾百年……可這幾百年，怎麼過得比幾千年、幾萬年還要長久？

「熾翼！」他把臉埋進了烏黑的長髮中，「我一直都在害怕……」

夜色深沉，燈火雖然泛著溫暖顏色，卻在越來越重的黑暗之中，漸漸褪去偽飾的平靜安然，顯露出深藏的寂寞惶恐。

太淵猛地張開了眼睛。

白色輕紗垂落，如同縹緲薄霧一般籠罩四周。他坐起身，蓋在身上的絲緞如流水一般滑落。長榻上只剩下他獨自一人，微涼的絲緞貼在身上，慢慢吸盡了每一分熱量。他呆坐許久，才慌慌張張站了起來，赤著腳跑出宮殿。

直到出了于飛宮外，太淵才想起用法術飛到半空。可千水之城林木豐茂，宮苑曲折，此時又要從何尋起？何況……都不知熾翼是否還在城中。

想到熾翼也許早已遠離千水，太淵停了下來，只覺得胸中空蕩一片。

就在這一刻，一抹鮮明豔色不期然地撞入了他的眼簾。

他追著那抹紅色的身影，駕著雲，乘著風，飛過茫茫東海，飛過重重高山，最後在一座孤山前停了下來。

過於明媚的陽光照入眼瞳，太淵抬起手遮擋，只看到那紅色的身影朝著山上走去。他拚命想要追趕上去，卻始終無法拉近彼此之間的距離。他恨不能大聲疾呼，卻因為奔跑喘息不停；他恨不能肋生雙翼，卻無法用出半點法術。

這裡……是雲夢山……

當他一路踉蹌著跑上山巔，那紅色的身影就站在眼前，忽然覺得渾身沒了力氣，一下子坐倒在地。

那人回過頭來，給了他一抹淺笑，他的心從猛烈鼓動，驟然地，安靜了下來。

「我兩、三百歲時，只要遇上不順心之事，就會一個人跑來這裡。」

熾翼穿著自己為他準備的紅色鮫綃，站在高高的山岩上。風吹著那輕薄的外衫，如同一雙展開的華美羽翼。

「我那時是火族唯一的皇子，父皇那些沒有子嗣的妻妾們，把我看作最大的阻礙，不敢明目張膽地恨我，私下總是會找些不大不小的麻煩。」

「真的嗎？」太淵定下心，換了微笑走上前去，和他坐到了一起，「我從來沒聽你說過小時候的事情。」

「你要聽的話，我就說給你聽。」

太淵受寵若驚，忙不迭地答道：「我當然想聽。」

「我母親是我父皇的正妻，據說長得非常美麗，但性情偏執善妒，所以並不得父皇歡心。」

「你一定是長得像她。」說到這裡，他方才驚覺，眼前的熾翼赫然已是從前的樣貌。

那種華美高貴、讓人無法直視的美麗模樣。

「她生我時，被我的紅蓮之火燒成了灰燼，也沒有人和我說過關於她的事，我小時候一直以為孩子都是從梧桐樹上長出來的。」

太淵看著他，想像著他小時候的模樣，一時痴了。

「後來我知道了原因，那時候，我倒寧可自己是從樹上長出來的。」熾翼直直地看著天邊，「你大概不知道，我們這族對於自己所愛的人，不論善惡是非，不惜一切也要維護。」

「你的母后……」

「因為她深愛著自己的丈夫，寧可捨了性命，犯下滔天大罪，也要為他換來一個『純血』的兒子。」熾翼在「純血」二字上用了奇怪的音調，「縱然得不到愛，也要讓對方生生世世記得自己……鳳凰的偏執，是血脈裡無法逆轉的天性。」

「為了所愛之人義無反顧，豈不是理所當然？」太淵握住了他的手。

熾翼對著他溫柔一笑，美麗得不可言述。太淵臉上有些發熱，甚至手心都滲出了汗水。

「太淵。」熾翼摸了摸他的頭髮。

「你這是做什麼？」雖然這種情形之下不好發作，太淵還是露出了不悅的神情，「我不喜歡你把我當作孩子。」

「我知道。」熾翼點點頭，「我一直都知道，太淵。」

「你知道什麼？」太淵被他的語焉不詳弄得一頭霧水，「熾翼，你到底想要和我說什麼？」

「經過了這麼多年，花費了這麼多心血，計畫一變再變，牽連了這麼多人……」熾翼輕聲地嘆息，「太淵，你有沒有對以前做出的決定，感到後悔？」

「沒有。」太淵搖頭，「做錯了事，就要想辦法補救修改，後悔只是浪費時間。」

「你就是這樣的人，從不浪費時間做無用的事。我從前也是這樣，覺得就算出了差錯，我也能扭轉乾坤，掌控一切。」熾翼的目光越過了他，彷彿在望向更加遙遠的從前，「太淵，在很久以前，我就知道努力只是徒勞，但我和你一樣，不願意服輸。赤皇熾翼那麼強，怎麼會敗給看不見摸不到的命運？」

太淵沒有回答，只是更加用力地摟緊他。

「一切都是從我開始的。」熾翼傾身向前，輕輕靠在他的肩上，「我們要為自己的所作所為承擔後果，對不對？」

在太淵記憶裡，他們從未如此平和而不帶血腥氣息地親近彼此，就算有，那也是數不清的年代之前的事了。他忍不住閉上眼睛，覺得自己早成了冰冷餘燼的心，閃耀出微弱星火。

「熾翼，我有些事要告訴……」

「你累不累？」熾翼打斷了他，「這麼多年你代替我，代替整個神族，獨自支撐這個世間，可覺得累了？」

「什麼意思？」

「你啊！你都已經……」熾翼頓了一頓，還是說了下去，「太淵，以後可要學會珍惜。」

太淵一震，不由自主地鬆開他：「為什麼說這些？」紅色輕紗在他身側飄飛拂動，遮住了他的視線，他只能聽到熾翼彷彿嘆息了一聲。

「熾翼！」太淵拔高聲音，正要撥開覆在面上的紅紗。

「太淵。」他聽見熾翼喃喃地喊著他的名字，「這天地之間，有誰能夠不受束縛……如果真的有，我只願那人……是你。」

太淵駭然瞠目。

眼前，自然什麼也沒有！他所見到的，只有漆黑夜色、挑高的屋樑、獨自燃著的長明燈，和在微弱光芒中時隱時現的藻井上吉瑞呈祥的龍鳳、糾纏不休的蓮花……

這幾千上萬年間，他偶爾也會如此。閉上眼睛，彷彿見到美眷如花，流年若水，然後心中憤懣，恨意陡生，酸楚苦痛，惆悵低迴……

這一次，他卻異常平靜，平靜到他幾乎以為什麼都沒有發生，自己只是想得太多，才會產生了幻覺。

但太淵始終是太淵，一瞬間的迷惑過去，他立刻就從茫然之中清醒過來。懷中的人，那本該沉沉睡著、誰也搶不去的人，已是不見了蹤影。

太淵沒有像他自己以為的那樣立即起身尋找，他坐在自己的宮殿裡，開始仔仔細細地想著。

有種奇怪的感覺，似乎是隱隱捕捉到某些頭緒，卻無法一氣呵成整理出脈絡。

太淵坐在床頭想了半晌，慢吞吞地站了起來，慢吞吞地走出門去，順著那條幾乎被苔草遮沒的道路，走到了那座掛著白底朱字匾額的荒涼庭院。

庭院寂寂，亭臺上放著空空的座椅。他回首遙望，月色氤氳，水汽溫潤，某個地方，如一閃靈光跳進了他的腦海。

這裡是煩惱海，雲夢山，盤古墓。

太淵一踏進這片樹海，便察覺到了異樣。

這片林子素來安靜，可還是有些精怪動物，此刻卻充斥著死寂壓抑的氣息。他心中忐忑不定，直到走近了那塊孤傲獨立的石丘。

嶙峋巨石間，有一乘與此處格格不入的華麗帝輦，站於一旁的錦衣侍從，個個美麗絕倫，只是神情木然，乍看彷彿毫無生命的雕塑。

太淵還沒有來得及驚訝，就見到輕紗帷帳掀開，從車輦之中走出一個人來。

那人白衣黑髮、頎長俊美，太淵心中一跳。

「太淵？」那人看到了他，冷冷一笑，「你那耳朵鼻子想來和旁人不同，哪裡有事你就往哪裡鑽啊！」

「六皇兄？」

「太淵素來又聰明又靈敏。」車輦旁的隨從已經捲起幃帳，露出了東溟那張傾倒眾生的面容。

「帝君，您怎麼會……」東溟和孤虹，這兩個從不來往的人，怎麼會同時出現在此？

「可惜這一次，你來得遲了。」孤虹的笑容有些惡毒。

「遲了？」太淵轉念一想，面色倏變，急聲追問，「熾翼在哪裡？」

東溟慢慢走了出來，那些侍從不知從何處取出一把華麗座椅，恭恭敬敬服侍他坐下。他揮了揮手，侍從躬身後退，抬著帝輦轉瞬退得不見蹤影。

「我給了你許多次暗示。」他看著太淵，搖了搖頭，「你在其他事上聰明得讓我吃驚，怎麼一和他扯上關係，就糊塗得好像故意似地？」

太淵目光有一瞬茫然，「這到底是怎麼回事？」

「能有什麼事？都是些必然發生的事情。」孤虹笑了出來，「從你遇到熾翼那一刻開始，今日的局面就已成定局。」

「太淵，你我此刻站著的地方，是盤古埋葬之處，也是天地陰陽氣息交匯所在。而這世間之所以得以苟存，全靠著陰陽之息平衡有序。」

太淵將目光從孤虹身上移開，愣愣看向東溟。

「那又如何？」他問道。

東溟沒有回答，一徑微笑。

「那又如何？」太淵拉高了聲音，「這和我有什麼關係，和熾翼又有什麼關係？熾翼他……熾翼……」

「他就在這裡。」東溟打斷了他。

太淵不明所以。

「熾翼他只能留在這裡。」東溟對上他的眼睛，慢慢說道：「自何處得來，必將歸於何處。」

太淵愣住了。

「其實也不能說遲，你來得正好。」東溟往後靠到了椅背上，「要不要見他一面？再過片刻，恐怕你想見都見不到了。」

「不！」太淵直覺地說道，雖然他並不是很清楚自己在拒絕什麼。他轉瞬意識到自己過於失態，勉強扯出笑容，「煩請帝君告訴我，熾翼究竟身在何處？」

「我不是跟你說……算了，你自然不信的。」東溟搖頭嘆氣，轉頭說道：「不如由你告訴他吧！」

太淵隨著他的目光望了過去，卻是從方才便一語未發的孤虹。

「孤虹？」他直覺這其中別有隱情，「你在謀劃些什麼？」

「你還有閒情管我？」孤虹站在那裡，一派從容優雅，眉目之間鋒芒重重，「我還以為你不見了心上人，已經急得快要哭了。」

太淵瞇起眼睛，在袖中摸了個空，才想起出來得匆忙慌亂，慣用的摺扇並未帶在身上，臉色越發難看。

「帝君！」他轉向東溟，「不知您這是何意？」

「少安勿躁，先聽聽孤虹想說些什麼。」

「我們兄弟二人仇隙太深，他恨我咒我還來不及，怎麼願意和我說話？」青鱗一死，孤虹勢必對他恨之入骨，仇人相見，還能有什麼好話不成？

「莫要自作多情，我什麼時候說過恨你了？」孤虹沒有半分惱怒，只是淡淡地回應，「你也沒有逼青鱗捨命救我，從頭到尾他都心甘情願，我要恨也是恨他，關你什麼事？」

「你……」太淵正要反駁，被東溟抬起的手止住了聲音。

「我是要跟你說個故事，只是這個故事實在太過複雜，我擔心一個人說起來有些困難。正巧孤虹也在這裡，這其中有些你會感興趣的細節，他比我更加清楚。」東溟一手托著下頷，瞧著他的眼神帶了點詭異的興味，「你這些年不是就喜歡那些迂迴的、殘忍的、折磨人的故事嗎？相信我，你一定會覺得，這是你所聽過，最曲折、最殘忍、最折磨人的故事。」

他說完之後，又補充了一句，「對了，你最好坐下來再聽，這是個非常非常長的故事。」

太淵看著眼前一唱一和的兩人，心中疑問無數，更有種不祥的預感。

不過這種情勢之下，除了鎮定冷靜，他也沒有其他更好的應對方式，於是笑著說道：「好吧！我倒要聽聽，是怎樣一個精彩的故事。」

「很好。」孤虹笑了，「那麼我們該從什麼地方說起？」

「自然要從很久很久以前說起。」一旁的東溟說道，「不然，說不清前因。」

「很久很久以前？」孤虹側過頭看向東溟，「就是要從熾翼出生之前說起了吧！」

東溟點了點頭。

「自大神盤古創造世間，四方天地初開，陰陽之氣傾軋不絕，水火兩族都是由此托生而出。」孤虹接著說了下去，「我們一直以為己身能與世間同存，事實上神族雖然生命久遠，卻也受法則所限，並不比更久之前的遠古之神，四方帝君那般……」

他看了東溟一眼，並未看到絲毫慍怒，才講了下去。

「你一定也察覺到了，熾翼是不同的。我對他不滿已久，處處和他作對，但我心裡清楚，我的法力和他相差甚遠。」

太淵冷冷哼了一聲。

「我一直不服氣，明明皆是純血神族，憑什麼他能比我強那麼多？」孤虹揚起嘴角，「現在我終於知道了，我之所以及不上他，最根本的原因是，他並非只是祝融之子。」

太淵抬起頭，和孤虹低垂的視線相對。

「你難道從沒有懷疑？你相信那個祝融，能生得出如此不凡的後代？」孤虹嘲諷地笑著，「就說我們幾個，縱然是我和奇練這般的純血後裔，在神力上有哪一個能勝過父皇？血脈一旦混雜，力量便會微薄，這是不變的定律。熾翼力量遠遠超越祝融，那是因為他本就不是單純的火族。」

「我是不是該說『這怎麼可能』或者『你在胡說』，來配合這個精彩的故事？」太淵的目光越過他，望著坐在那裡的東溟，「你接下去不會想要告訴我，熾翼他是共工的兒子，你我的兄弟吧！」

「果然是太淵會說的話！」東溟掩著嘴笑出聲來，「對可疑之事絕不輕言相信，這是謹慎良好的習慣。但還是請先聽下去，我已經說了，這個故事曲折漫長，最好是要坐下來聽的。」

太淵側頭想了想，竟然真的在身邊找了塊石頭坐下，擺出洗耳恭聽的模樣。

「他們都說在煩惱海，一切神族之力皆無用處，因為這是埋葬了大神盤古的地方。可你有沒有想過，明明神族死後魂魄力量盡數化作烏有，這下面埋葬的如果僅僅是一具屍身，又為什麼會對周遭有如此深重的影響？」

「盤古聖君開天闢地，自然和普通神族不同。」

「不對。」孤虹搖頭，「盤古是初始之神，但他的魂魄肉身與力量還是存於一體，他死之後，魂魄和力量也就隨之消散了。」

「等等。」太淵想了一想，「你先告訴我，如果熾翼不是祝融之子，他又是從何而來？」

「這事情千頭萬緒，細說起來沒完沒了。」回答的卻是東溟，「簡單來說，熾翼的母親叫作丹明，是個極其聰明的女子，可惜不知怎麼看上了祝融。她為了實現祝融獨占天地的蠢念頭，做出了一件你無法想像的傻事。」

「熾翼的確是祝融的骨肉，但是他魂魄蘊含的紅蓮之火，得益於另一位遠古大神。」孤虹望著太淵，「你一定聽說過，關於純血的火族女子不善生產的傳言。我特意查過，發現那就是個天大的謊言，之所以如此傳說，是因為一旦祝融的妻妾有孕，多數都會遭到橫禍，產下的孩子或死或殘。只不過是下手之人太過高明，把這謊言圓得天衣無縫罷了。」

東溟嘆了口氣：「鳳凰全是些肆意任性的偏執瘋子。」

「好吧！」太淵點頭，「那麼所謂『並非只是祝融之子』又是怎麼回事？」

「盤古聖君死後，曾經有一位中央天帝，名叫混沌的大神。」

「虛無之神？」太淵皺起眉頭。

「九萬九千年前。」東溟抬頭望向天際，「混沌是天地交感，孕育而生的大神，他和我們都不一樣。魂魄有形，生生不滅，縱然意識已死，肉身與力量也不會完全消散。」

「那到底是死了還是活著？」

「一時也說不清楚。不過那時候的混沌，用凡人的說法，差不多就是『行屍走肉』的狀態。」

「帝君，您不如說得直接一些。」太淵已經不耐煩了，「混沌和熾翼是什麼關係？」

「這麼性急完全不像你，太淵。」雖然這麼說，東溟還是朝孤虹擺了擺手，示意他繼續說下去。

「熾翼的母親懷了他以後，彷彿入了魔障。她憂心腹中胎兒會如同祝融其他孩子那樣，被暗中傷害，或是幼年夭折。」孤虹繼續說著，「她更擔心的是，一旦孩子出生，是個毫無出色之處的平凡子嗣，她那無情的丈夫恐怕再也不會多看她一眼。於是，她有了一個非常可怕的念頭，她要讓自己的孩子在出生的那一刻，就擁有世間無人能及的強大法力。」

「無人能及……」太淵默念了一遍，突然想到了那個幻象，那個熾翼說自己寧可是從梧桐樹上長出來的幻象。

「而她也如帝君所言，不是個簡單的角色，她的膽識和野心，我看這世上恐怕只有『七公子』能與之相比。」孤虹冷笑著說道，「她日思夜想，想著念著的只有『世間無人能及的法力』，然後她想到數萬年前，被四方帝君聯手封鎮在盤古聖君墓中的大神混沌。」

「封鎮？」

「混沌死後並無意識，僅餘尚存神力的肉身盤桓世間，天地岌岌可危。我們幾個用盡全力制住了他，卻無法徹底將其毀滅，只能把他封在這裡。」東溟對上太淵投射過來的視線，「那時混沌已經被封在這裡數萬年了，也不知道丹明用了什麼手段，竟然能從重重封鎮之下，偷走混沌的一口靈息。」

孤虹嘆了口氣：「熾翼有這樣的母親，不知是幸或不幸。」

「縱然靈魂不滅，混沌的肉身應該早已朽爛不堪，就算只是想想，也會讓人幾百年吃不下東西。」東溟冷冷哼了一聲，「真是難為她下得了口。」

「她吞下靈息，渡給了腹中的熾翼，那便是紅蓮之火的根本。」孤虹看了東溟一眼，「雖說她是純血火族，但混沌神力何其強大？於是她在熾翼出生時，便被紅蓮之火燒成了灰燼。熾翼本也不能倖免，當時多虧帝君……」

「別把什麼事都算在我頭上。」東溟揮了揮手，「帝倏對丹明一往情深，難得尋到了的機會，自然想要有所表現。」

「那赤皇印……」

「帝倏耗盡神力的封印也是非同小可，所以熾翼才能勉強捱過這麼多年。」東溟抿著嘴角，右眼色澤深邃，看不出什麼情緒，「說起來，上古神族一脈往後延續了那麼久的時間，他們幾個都功不可沒。」

「照帝君的說法，南方天帝為了救熾翼的性命，把紅蓮之火封在熾翼體內，於是熾翼的力量才那麼強。」太淵皺起眉頭，「但帝倏已死，封印力量再強，總會慢慢失效。」

「不愧是太淵，三言兩語就抓住關鍵。」東溟撫掌大笑，「早在一萬年前，熾翼來找我的時候，封印就已效用漸失。可惜他怎麼也不願意考慮我的提議，硬撐著自己和混沌之力抗衡。」

太淵小心翼翼地問道：「不知帝君當初給熾翼的建議是什麼？」

「也不怕實話告訴你，我當初把混沌封在這裡，為的就是依靠混沌神力穩固四方。沒想到後來少了那一口陽息，加上熾翼燒了那棵梧桐，使得世間陰氣日盛，仰仗著陰陽平衡而存的神族開始步入衰亡之途。」

東溟嘆了口氣：「封印也已鬆動，萬一有什麼變數，混沌重現世間，恐怕連下一個世代都不會再有。所以我告訴熾翼，唯一能夠延緩的辦法，就是用其他火族的力量填補缺失。徹底解決的辦法也不是沒有，只要將水火兩族盡數獻祭，非但天地陰陽之序得以平衡，熾翼甚至能與我一樣，成為超脫法則之外的大神。」

太淵聽著，眼角微微抽動。

「別人聽了，或許會覺得這法子太過殘酷，但是太淵你應該可以理解。」東溟有趣地瞧著他，「反正神族都將覆滅，與其任由魂魄肉身消散，不如好好拿來使用，是不是？」

太淵避開他的視線，「熾翼為什麼沒有那麼做？」

「是啊，為什麼呢？」再度開口的孤虹聲音柔和，就像是生怕嚇到他一樣，「你難道不應該最清楚嗎？」

8

「我怎麼會知道？」太淵抬起頭，瞇起眼睛盯著孤虹，「倒是皇兄，你和熾翼勢同水火，又怎麼會知道這麼多火族的隱祕？」

「這個問題還真是愚蠢。」孤虹輕蔑一笑，「就因為是敵人，才會知道得更多。」

「是嗎？」太淵立即還以顏色，「那麼說來，皇兄你當初不瞭解北鎮師青鱗其人，倒還真是情有可原。」

「你！」孤虹本要發作，隨即想到了什麼，表情突然柔和了起來，語氣也不再尖銳，「太淵，你猜一猜，本來打算放任水火兩族鬥到兩敗俱傷的熾翼，後來為什麼改了主意？」

「我怎麼知道。」太淵沉下了臉。

「原因就在於，我們這位向來眼高於頂的赤皇大人，不知哪裡不對勁，居然愛上了水族一個微不足道的懦弱皇子。」

太淵眼角一抽，站了起來。

「帝君。」孤虹沒有看他，而是向另一人求證，「我說的可是實話？」

「幾乎從熾翼一出生，我便開始注意他，他雖不是不擇手段的人，關鍵時刻還是足夠果斷。」東溟看著太淵，「我怎麼也想不到，萬事俱備之後，他居然為了你，放棄了唾手可得的一切。」

「其實他什麼都不用做，只要冷眼旁觀就行了，他卻開始捨不得你，用盡了辦法拖延戰局。可他再聰明再厲害，不過是一己之力，怎麼能逆轉這天地的興衰？」

孤虹接口說道，「太淵，你永遠糾結於細枝末節之中，其實只要撇開一切，從頭細想，你就知道熾翼對你有多不一樣。」

「皇兄痛失愛侶，心有不甘，當然希望我這『罪魁禍首』感同身受。」太淵笑道，「可惜要讓你失望了，我與熾翼之間，和皇兄你與青鱗大有不同，絕非幾句言語便可左右。」

「你怎麼說都好。」孤虹的笑容裡滿是憐憫，「撇開恩怨不論，我倒是有些可憐你的。被熾翼那樣的人看上，未必是值得羨慕的好事。」

「這話說得不錯。」東溟點頭附和，「鳳凰是陽氣之精，生來性情激烈，尤其是對待所愛之人，永遠不會管是非對錯，一味照著自己的想法縱容袒護。只不過熾翼有太多顧忌，表現出來也就更加……」

「夠了！」太淵一揮長袖，神色狠厲，「在熾翼心裡，我永遠比不過火族！比不過天地！我什麼都比不過！」

「你在意的就是這個？」孤虹似笑非笑地說道，「我和青鱗之間的誤會是很荒謬，可多少也是有人刻意造就，而你的理由，未免也太過幼稚了吧！」

「我此刻無心說笑。」太淵面目陰沉，「兩位適可而止。」

「咳咳！」東溟咳了兩聲，勉強止住了笑意。

「太淵，你可知道鳳凰之間的誓言，講究的是心意合一，永不分離。鳳凰一生之中，真正認定的伴侶只會有一個，他們一旦被認定的伴侶背棄，不是玉石俱焚，也會斷絕生念。」孤虹噙著微笑，「雖然一廂情願了些，可鳳凰只要愛上了，縱是明知絕路也不會回頭。」

「那是我和熾翼之間的事。」太淵面色鐵青，半點也不讓步，「你不用在這裡說廢話試探我，想看我的笑話？這種招數我早就用膩了！」

孤虹沒有回答，過了片刻，突然輕聲地問：「太淵，你可是在害怕？你怕熾翼其實已經死了，對不對？」

太淵早料想到會聽到類似的話，但當孤虹真的說出口時，他還是覺得好似有一根尖針，直直刺進自己心臟。

「帝君，你看我這最最聰明狡猾的七弟！他平時最善於察言觀色，眼睛尖得讓人心寒，偏偏有些時候，又和瞎子沒什麼兩樣。」

「也就是在熾翼身上。」東溟挑起了眉，「換了別的事情，只怕他一眼就看透了。」

「孤虹，你活得不耐煩了？」臉色煞白的太淵僵硬地往前邁步，手探向自己腰間，「我能殺得了你一次，就不怕殺不了第二次！」

「真是大言不慚！」孤虹大笑起來，「太淵，你以為沒有熾翼護著，你能有殺我的本事？」

太淵手中不知何時多了把寒光閃閃的長劍，一聲不吭地刺了過來。兩人離得不遠，這夾雜怒意的一劍迅捷有力，眼看著就要刺到了孤虹身上，但到了孤虹近前三寸處，劍尖再也遞不上半分。

「在這裡打鬥有什麼意思？」東溟起身，走到兩人中間，「你們要打，盡可以再約時間地點，拚個你死我活。」

在這煩惱海裡，東溟依然能夠自由使用法力，換了平日，單是這點就足以讓太淵心神不寧，思慮萬千。但是此刻他哪裡還顧得上這些？那雙紅了的眼睛直直瞪著孤虹，就像要把他生吞活剝了一般。

孤虹表面不動聲色，但到底清楚太淵脾性，也全神戒備地與他對峙。東溟左右看了看，手指輕輕按在了劍身上。

這把毀意劍是當初諸神法器其中之一，也是太淵隨身的寶物，東溟只輕輕一按，就把它生生折成兩截。

劍尖墜落在地，發出清脆聲響，太淵低下頭看著那半截斷劍，目光變得迷離。

不會的……他怎麼也不會相信的……這是個騙局……騙人……

「太淵，你過來。」東溟的聲音傳了過來。

太淵重新抬起頭，東溟不知何時站到了萬鬼岩的最高處。他閉了下眼睛，丟下手中劍柄，慢慢走了過去。

這裡早已不再是當年熾翼縱身一躍的雲夢山，但在太淵的意識裡總覺得有些排斥。加上他每次來到這裡就心情惡劣，又大多是在夜晚時分，所以即使來過多次，卻不曾有閒暇心思欣賞風景。

如今看來，樹木豐美，湖泊錯落，不過一片繁茂樹林，僅此而已。

「你不覺得，這些樹木、石頭、水流的排列有些古怪？」東溟提醒，「你再好好看看，這樹林可讓你想起了什麼曾經見過的事物？」

太淵勉強定下心神，朝四周望去。而他越看，越是心驚。

有些時候，你長久地看一樣事物，就會產生熟悉的錯覺，可眼前顯然不是，那些林木排列如同別有規律，狹長水澤好似扭曲紋理……

「誅神……」

「不完全是。」東溟搖頭，「這可是前所未有的創舉，熾翼那傢伙總會做些讓我也覺得驚奇的事情。」

「不是誅神陣……可逆天返生？不！也不對！這好像是……」

「你看不明白了，是嗎？」東溟側過頭看著他，「沒有你想的那麼複雜。生與死之間，誅滅與重生之間，總有千絲萬縷的聯繫，熾翼不過是把兩者合而為一。」

「這兩種陣式未免相差太遠。」

「天地初成之時，也是渾圓之形，所謂圓融可通，萬事萬物總有重合之處。」東溟回頭看了孤虹一眼，「青鱗誠然精於陣式，畢竟心胸狹隘，始終沒有熾翼的見識膽魄，敢把誅滅與重生的陣式列於一處。」

「這林地生成將近萬年，難道在那個時候，熾翼就已經……」

「你當年列陣誅神，熾翼就開始著手準備，在神族的魂魄於誅神陣中消散之前，設法將他們移到了此處。如此一來，就算肉身滅了，只要不踏出這個陣式範圍，魂魄還是能有留存的機會。」東溟嘆了口氣，「這樣的辦法，就連我都覺得過於冒險，熾翼還真是豁出去了。」

「熾翼為了陣式能成，不惜損毀自身，釋出半數紅蓮之火。他甚至還為你救下了念念不忘的心上人。如果不是他剖腹取出那個孩子，只怕紅綃和丹明一樣，在生產之時就要屍骨無存。」孤虹也走了過來，「早在萬年前，熾翼就開始為你打算。他為你耗盡性命，你卻還在這裡口口聲聲說他心裡沒你。」

太淵緊抿著嘴唇，什麼話都不說。

「當年熾翼要在這裡殺了紅綃，是因為這個地方能夠保她不死。他把赤皇印轉到紅綃的孩子身上，是為了壓制住那孩子的力量。」孤虹站在他身後，「他早就做了最壞的打算，就算有朝一日不得不應了命運，永遠被封在這裡，在那天之前，他也要為你消除所有障礙，安排一個最好的結局。」

最後，他輕聲問了一句：「太淵，你明白了嗎？」

煩惱海裡，一片死寂無聲，太淵甚至聽不到也感覺不到自己心臟跳動的聲音。

「我不信。」

東溟挑起了眉。

「我不信你們。」太淵神情森然，「我什麼人都不信，除非是他親口告訴我。」

「我不是跟你說……」

「帝君。」出乎意料地，孤虹竟會替他說話，「若是太淵這麼容易死心，怎麼還會是太淵呢？」

「也是，那不如你親自問一問他，這一切到底是真是假。」東溟抬起了手。

天地間，風起雲湧。

東溟腳下的岩石裂開了縫隙，地底深處閃爍著微弱的光芒，一角白玉漸漸顯露了出來。

在等待礫石沙土完全落盡的期間，孤虹一直看著太淵，看著他面色煞白，看著他呼吸不穩，看著他露出了近乎弱者的情態。孤虹的心裡，有了一絲報復得償的快慰。

太淵，我那時候所受的痛苦，那種無力回天的苦楚，你終於也嘗到了吧！

從地底浮出的是一副白玉棺槨，棺蓋密密麻麻繪滿了鮮紅文字。孤虹懂得部分上古神文，卻一個字也不認得，想來就是東溟所說的封鎮。

他盯著看了會，覺得目眩無力起來，如同被汲取了魂魄一般，慌忙錯開視線。太淵卻直直地瞪著棺槨，彷彿毫無所感。

東溟再一揮手，棺蓋移開了一角，七彩光華瀰漫開來。

太淵站在那裡，遲遲沒有挪步。孤虹和東溟知他情怯，沒有催促，過了好一會兒，才見他走了過去。

是存在於遙遠記憶中的那個人，又不太一樣。鮮紅的鮫綃、漆黑的長髮、華美的金冠、美麗的容貌，就算靜靜躺著，也有一種凜冽飛揚的氣勢。

「這不是熾翼。」太淵喃喃地說，「熾翼不是這樣的。」

熾翼他明明變了模樣，換了容顏……

「我就說，不會是他的。」太淵臉上露出了一絲笑容，「他是熾翼，熾翼怎麼可能無聲無息……」

有一滴無色的液體落了下去，卻穿不透那層浮動的光芒，在半空碎裂開，濺出了一片破碎光華。

「怎麼說哭就哭，平時不是挺絕情的？」東溟一副失望的模樣。

孤虹正想說些什麼，突然眼角似乎見到異象，他回過頭去，看到那廂太淵彎下腰去，竟然想碰觸熾翼的肉身。

那封鎮何等厲害，太淵一觸流光，驟然引發了烈火般的豔麗光芒，他的手剎那血紅一片。

東溟生性好潔，見到這一幕，忍不住皺起眉頭。

「熾翼早已耗盡生命，就算你能解開封鎮，也只能眼見著他燒成灰燼。」孤虹走了過來，低聲地說：「何況這封印，根本不是你我所能解開。」

太淵收回手，從他手掌滴下的鮮血，無法穿透那無形的障礙，四下濺落開去。

也許孤虹說得沒錯，他自詡自負，以為自己如何厲害，可事實上，他得到的所有一切，都是這個人處心積慮，為他謀劃安排而來。

赤皇高高在上，不可觸及；熾翼婉轉相就，交頸纏綿。這數萬年來，自己因為這個人的兩種身分兩種面貌掙扎痛苦，愛恨難斷。可到了最後，卻有人告訴了自己這樣一個故事。

什麼陰陽，什麼混沌，什麼封鎮，什麼犧牲……這些從不曾聽聞的謬論是從哪裡冒出來的？誰會相信這樣毫無實證、根本不合情理的故事？

「我才不會……」

一句話尚未說完，身後一股大力湧來，太淵一時站立不穩，不由自主向前倒去。他本能地想要攀住東西，但對上靜靜躺在那裡的熾翼，突然之間失去了所有的力氣。

所有的一切，就如同千萬年前曾經發生過的那一幕，只是這一次，再也沒有人會伸出手拉住自己。

究竟為什麼爭？為什麼鬥？還有什麼好爭？還有什麼好鬥……

太淵萬念俱灰之時，突然腕上一緊一勒，向前傾倒的動作停了下來。他還沒來得及生出感想，就被往後扯了回去。

「看來還是你更瞭解他。」東溟聲音帶笑，「不然，也不知要拖到什麼時候。」

太淵心猛地一跳，反手抓住那捲纏在腕間的繩帶，轉身看去。

那人穿著一身黑色衣裳，無力地倚著岩石，長髮凌亂披散，蒼白的臉色讓布滿顏面的傷痕顯得越發可怕。

不是熾翼，又會是誰？

模樣狼狽的熾翼瞥了太淵一眼，鬆開手中緊握的繩索。繩索一離開他的手，便開始萎縮變形，最後留在太淵手裡的，不過是一片焦黃細長的枯葉。

「熾翼！」太淵想要靠近，卻被那冰冷的目光定在了原地。

他握緊手掌，目光移回了方才自己差點喪命的棺槨之上。那裡面已沒有紅衣靜臥的熾翼，而是一片隱約有光芒閃動的無邊黑暗。

「帝君，皇兄。」太淵怒到極點，反而笑了，「兩位今日的作為，太淵一定會牢牢記在心中，有生之年每日必思，絕不敢忘！」

「若不是孤虹推這一把，熾翼絕對不會主動見你。」東溟瞥了他一眼，「你該心存感激才對。」

「真是可惜。」孤虹抿了抿嘴角，對熾翼說道：「我就說你怎麼可能捨得讓他孤身涉險，果然是一路跟著。」

「東溟帝君。」熾翼望他一眼，轉而向東溟問道：「你既然早已遠離紛爭，又何苦插手？」

「原本這一切和我沒什麼關係，我的責任在遠古時代終結之時便已結束了，所以一直以來，你們鬧得再厲害，我都懶得理會。」東溟走到白玉棺槨旁，俯首朝裡看著，「可是你不該學丹明，打這個封鎮的主意。你應該非常清楚，這封鎮是天地基石、萬物本源，一旦出了絲毫差錯，足以動搖三千世界根本。」

「三千世界的根本？」熾翼望著他，「東天帝君千萬年來將此世界彼世界盤弄於股掌之上，我還以為帝君方是世界的根本呢！」

東溟目中瞳色起了變化，顯然是被這句話惹得動了怒。

「熾翼。」太淵見狀上前幾步，想要去拉熾翼的手，順道擋去東溟不善的目光，「你怎麼了，為什麼變成了這樣？」

熾翼目光轉過來，絲毫不見喜悅厭惡。太淵心中一震，呆呆地看著他。

「帝君，我想你誤會了，我並沒有動封鎮的意思。」熾翼繞過太淵，朝東溟走去，「我甚至沒有想到，會連你都驚動了。」

「你什麼時候也開始這樣兜著圈子說話？」東溟挑起眉，「那你告訴我，你當年空做了個樣子，讓我以為你兌現了諾言，又是什麼緣故？」

「的確是有些取巧，不過倒不是完全違背當初的約定。」熾翼坦然地說道：「我想來想去，封鎮需要的不過是我得了混沌神力的肉身，那我把肉身捨了還它，不就行了？」

他說得輕描淡寫，聽著的太淵心中卻一陣狂跳。

鳳凰的魂魄肉身本是一體，肉體的傷都會投射到魂魄上，要分割靈魂肉體，又豈是一件如此輕易的事情？

反觀東溟，露出了恍然的表情。

「捨棄身軀，寄生他物，你居然能想出這麼個巧妙的方法瞞天過海。」他點了點頭，冷笑著說道，「我的確不可能想到，你熾翼居然甘心捨棄與天地同存的壽命，附在草木之上，學那些凡間精怪修煉化形。可若不是你的『原形』被人帶出了陣式範圍，你不是一樣要永遠困在這方寸地域？」

原本許多想不通的事情，突然清晰了起來，同時太淵覺得有一股寒意沿著指尖朝全身蔓延擴散。

他彷彿回到了那個平常不過的夜晚，他走到了這個地方，發現了一株似曾相識的蘭花……

「原來……」原來在更早之前，我們就已經再見，你卻裝作從不相識……

「我只是不相信。」熾翼的聲音完全蓋過了他虛弱的質詢，「我從來沒有相信過你說的那些話。」

「你不信我？」東溟大笑，「那你信什麼？難道你信這薄情寡義的太淵，還會真心真意地愛上你不成？他要是真的對你有心，又怎麼會把你害成這副模樣？」

「帝君。」搶在熾翼回答之前，太淵緩慢而謹慎地開了口，「請恕我失禮打斷，但是請您為我解說一下，我方才聽到的，到底是什麼意思？」

「到了這個時候，是該攤開來說清楚了。」東溟雙手環抱在胸前，翻飛的華衣好似巨大的羽翼一般在他身後展開，「很久以前，赤皇熾翼與我做了一個非常有趣的約定。」

「什麼樣的約定？」孤虹插嘴問了一句。

「就是那樣的約定。」東溟看著太淵，笑容越發不懷好意，「如果直到最後，他都不能讓你付出真情，把他看得比自己更重，那麼他就跳進這封鎮之中，抹殺自己的意識，永遠變作天地基石的一部分。」

「為什麼會有這樣的約定？」

東溟看向臉色青白的太淵，笑了一笑。

「混沌之息依附在他身上，照理說只要把他的魂魄和肉身分開就行，但鳳凰的魂魄肉身本是一體，要分離魂魄和肉體，幾乎不可能做到。偏偏鳳凰又有一種神奇的本事，能在身軀衰竭之前，為自己重塑肉體，而在他們重生的瞬間，靈魂與肉體的聯繫最為薄弱。」

東溟的目光在他和熾翼之間兜了個圈子。

「我後來才明白，原來所謂涅槃重生，便是血肉在毀滅之後重新融合。如果在那個時候，有人自願將骨肉鮮血全數交付予他，他便能借殼重生，也就能擺脫這生來註定的宿命了。」

「說夠了吧！」熾翼緩步走到東溟面前，「什麼約定、重生之類，不過是拿來消遣的遊戲，帝君你怎麼當真了？」

「我當然不會當真。你熾翼是何等人物，還怕迷不住一個小小的太淵？不過要修補封鎮，又須你心甘情願，半點也勉強不得。」東溟好笑地來回看著他們一個淡漠一個呆滯的模樣，「誰知這世上的事，有時總那麼出人意料。」

「不對。」太淵想都沒有想便反駁道，「不可能！」

熾翼不可能是因為這個原因，才會……熾翼他……熾翼……

「有什麼不可能？」東溟眼角微挑，「不過別聽我說得容易，這事要成功可不簡單，不是隨便什麼人都辦得到。那人要把熾翼看得比自己更加重要，願意為他不惜一切，只要有一絲猶豫動搖，別說熾翼有性命之危，那人自己也活不下去。」

太淵一言不發，臉上也沒什麼表情，就連眼珠都不轉了。

他當然知道東溟是故意的。就好像很多年前，熾翼在這裡也曾說過一些話，他那時候就是因為聽到了，心中對熾翼產生懷疑，才會……才會那樣……

可是，萬一！萬一這是真的……那麼太淵，你豈不是……要是這不是真的，為什麼……熾翼你為什麼不反駁他？

「如果他成功了呢？」孤虹又問。

「那麼，拿來填補基石的自然是其他東西，而不是他或者上古神族的元魂。」

太淵僵硬的視線終於從熾翼的背影，轉向了東溟所說的「基石」。他的眼眶有些酸澀，恍惚能見到那白玉上鐫刻的詭異紋路，爾後驚覺，那赫然是從前盤踞在熾翼身上的印記。

赤皇印，世人只當那是滿載著榮耀，代表著上天眷顧的標記，卻原來只是用作標誌祭品……

「為什麼？」他的聲音微弱，更像是責問自己，「為什麼你從來不說，你什麼都不對我說……」

「熾翼，你看看你，把太淵弄得如此傷心，實在有負鳳凰痴情之名。」東溟一臉惋惜地說，「是啊！你為什麼不說呢？其實他對你未必無情，單看方才他為你落淚的樣子，就知道他心裡有你。」

熾翼笑了，輕聲地笑，聽在太淵的耳中卻如尖刺一般，狠狠地刺在心上，他的臉恍如死者般泛著絕望的青白。

「我說了他就信嗎？我說了他就做嗎？我讓他把性命給我，他就會心甘情願地給嗎？」熾翼輕描淡寫地說道：「我早就已經失敗了，因為從一開始我就定錯了人選。」

太淵渾身一震。東溟收起了臉上的輕慢，惋惜的神色倒是變得真實起來。

「熾翼……」太淵走到熾翼身後，伸出了手似乎想要拉他，旋即又收了回來。

站在另一側的孤虹看得分明，他收回了手，其實是因為手抖得太過厲害。

那個不可一世的太淵，居然也有如此狼狽的時候。孤虹本想嘲笑，腦海卻閃過了另一個對自己亦步亦趨的身影，到了嘴邊的挖苦最終化作一聲嘆息。

「東溟帝君，其實我知道。」熾翼突然說道。

「你知道什麼？」東溟眼中閃過一絲光亮。

「我知道你為什麼關心封鎮，又為什麼突然在乎起天地生靈。」熾翼的聲音裡帶著洞悉一切的笑意，「其實，根本和天地存亡沒什麼關係！在這冠冕堂皇的藉口下，你唯一關心的，不過就是……」

他說到這裡停了下來，擺明了吊人胃口。

「是什麼？」東溟笑著，表情卻變得不自然起來，「你倒是說說，你知道了什麼？」

他輕柔優美的聲音裡，帶著一種誘哄與危險的味道。

氣氛突然變了，原本只是隱約透著的緊張，剎那間如同拉緊的弓弦般一觸即發，就連大半心思放在熾翼身上的太淵，也敏感地察覺出了不對。

熾翼瞟了另兩人一眼，然後勾起嘴角，朝東溟更靠近了一些。

「帝君，我知道的，比你想像的還要多。」他和東溟相對而立，身子微微前傾，如同附耳輕語，「比如說，印澤之中的那一位，曾經對我說……」

「他？」東溟看來尚算平靜，但在場無論誰都能看得出來，這位素來心思難測的帝君，因為這半句話已失常態。

「正是他。」

「雖然不知道你是從何處得知，不過……」東溟臉上已經沒了笑容，「我倒是想不出來，他真要見到你，會跟你說些什麼。」

「他說，當年……」

東溟屏息而待，熾翼聲音壓得很低，他不自覺地湊了過去。

「他說，你……」

熾翼的聲音越發低了，低得除了他們兩個，就連站得最近的太淵，都沒能聽清。

9

太淵正疑惑時，看到與自己正對著的東溟睜大了雙眼。

「帝君，你說的半點不錯。」熾翼後退一步，帶著笑意說道，「寰宇內外，不論任何生靈，都會有那麼一二處弱點。縱然是在你看不到或者想不到的地方，只要你能夠找得到，那麼就算對方是最強大的神祇，也會變得軟弱不堪。」

太淵一把拉住他，熾翼沒有掙扎，任由他往後拖了幾步。

東溟一手捂在自己左肋下，紫色的帝服轉瞬出現了大片深色痕跡，那張美得近乎妖異的臉上，露出了不可置信的表情。

熾翼手中異光閃動，竟是一根手指粗細的盈尺長針。長針碧色瑩瑩，如同翡翠，鐫刻著層層疊疊的纏繞花紋，中央卻像是空的，裡面也不知是水是光，只知金銀閃爍流轉，精緻華美，巧奪天工。

看似一件稀奇巧妙的裝飾玩物，但是一想到這東西竟然能傷到東溟，又讓人生出了不寒而慄的感覺。

東溟緩步後退，坐到了那張華麗的帝座之上。他挪開了捂住傷口的手掌，面上一片肅殺之色。

「是我低估了你的膽量。」他深紫的眼睛盯著熾翼，自身上流下的鮮血沿著座椅一直流淌到了地上。那鮮血的顏色實在怪異，在陽光下泛出七彩流光，有若虹霓，

「我總告訴自己不要小看你，可還是著了你的道。」

太淵心中一凜，急忙擋在熾翼面前，生怕東溟有所異動。東溟看到他的舉動，冷冷哼了一聲。

「走開！」熾翼一把推開了擋路的太淵，「若不是帝君苦苦逼迫於我，我又怎會如此對待帝君？」

太淵心中一驚，知道他竟是想要殺了東溟。

「是他告訴你，用這種小小伎倆就能殺了我？」東溟扯動嘴角，「就算你殺了我，又能得到什麼好處？」

「你和他，我只能相信一個。相比之下，我更願意信他。」熾翼走到東溟面前，「至於好處，你我心知肚明，就不用在這裡說出來了。」

「好一個心知肚明。」東溟怒極反笑，「不過想要殺我，還得看你有沒有這個本事。」

「哪怕當年的熾翼，也絕非帝君對手，又何況今日？」熾翼也跟著笑了，只是那扭曲的面容笑起來著實有些嚇人，「偏偏有人告訴我，在這個地方、這個時辰，帝君身上會有一處致命破綻，我一時忍不住試了一試，想看看他說的是真是假。」

「他怎麼會做這種沒有好處的事情？」東溟盯著他手上那根鋒利怪異的尖針，

「那老妖怪……他跟你要了什麼好處？」

「帝君果然知他。」熾翼點頭，「他沒有提什麼古怪要求，只是讓我等你動彈不得，取你身上的一件東西給他。」

東溟的臉色越發難看起來，他吸了口氣，然後說了兩個字。

太淵只覺眼角寒光閃爍，直覺地想要躲開，但是那寒光如影隨形，冰涼地貼到了他的頸邊。

「別動。」有人和氣地對他說，「不然你的脖子就保不住了。」

抵著自己的赫然是方才丟棄到地上的半截斷劍，而那個脅迫他的，當然只有孤虹。

東溟喊的，並不是孤虹的名字，他只是喊了一聲「青鱗」而已。

「太淵，我可能真的沒有你聰明，不過你是不是太相信自己這聰明的腦袋了？」孤虹在他耳邊笑著說，「或許你現在可以開始試著說服我，我會乖乖把劍放下也說不定。」

太淵當然笑不出來。

「熾翼，我不能冒任何風險，你可以把什麼都放下了，我做不到。」孤虹看著前方孑孑孤立的身影，「我無所謂生死，但是我這條命是青鱗給的，總不能就這麼不明不白作了獻祭。」

熾翼舉起手中長針，指向了東溟。

「就算你真的對他失望透頂，不再在意他的死活，也該為自己想想。」孤虹手中用力，鋒利劍刃劃破了太淵的皮膚，「沒有他，你也活不下去。」

「沒了你，我也活不下去，你為什麼不把劍架在自己脖子上？」熾翼沒有回過頭，他盯著東溟，彷彿在考慮往什麼地方下手更好。

「要是我把劍架在自己脖子上，大喊『你若動手，我便自裁』，你不覺得那很奇怪嗎？」孤虹笑出聲來，「說不定我剛準備那麼做，太淵的手不小心一滑，糊里糊塗地害了你我兩條性命就更不好了。」

「你不是為了讓青鱗復生，什麼都願意做嗎？」

「對！可他活過來，我卻死了，又有什麼意思？」孤虹嘆了口氣，「哪怕真像你所說，我和他都能轉生為人，我也早就受夠了那些生生死死、分分合合。到了那時，恐怕他已不是他，我也不是我。轉世重生這種法子，對我來說沒有任何意義。」

「他說他會讓青鱗復生，然後讓你們雙宿雙棲，你信嗎？」

「我不得不信。」孤虹深深吸了口氣，「不久之前，我才知道青鱗的元魂並不在此處，而是被收到了牧天宮。」

熾翼一愣。

「是不是很意外？」東溟的嘴角上揚，露出了一絲笑意，「青鱗死後，他殘餘的元魂的確是該移至此處。」

「是你？」

「是啊。」東溟站了起來，一手搭在熾翼肩上，除了臉色蒼白，不像是受了嚴重的傷害，「你瞞得了他們，又怎麼能夠騙過我的眼睛？」

熾翼往後退了一步，東溟朝孤虹他們招了招手。孤虹用劍壓著太淵，走到了東溟面前。

太淵肩頸被鮮血浸染得狼狽不堪，他卻恍若未覺，始終盯著不願看自己一眼的熾翼。

「好了熾翼，把那東西給我。」孤虹朝熾翼伸出手，另一隻手上用力，鋒利的刀刃更深地刺進太淵頸脖。

血湧了出來，熾翼卻疑惑地看了孤虹一眼，似乎不明白他是什麼意思。

「太淵啊太淵，你難不難過？」孤虹倒不著急，笑嘻嘻地用劍脊拍了拍太淵的臉頰，「我們的赤皇大人，好像真不顧你的死活了。」

太淵終於垂下了眼簾，嘴角微揚。

「你笑什麼？」他的反應太過異常，孤虹覺得奇怪。

太淵用手遮住眼睛，仰頭大笑了起來，那淒厲的聲音在風裡傳出很遠很遠，讓人不寒而慄。

「莫不是瘋了？」東溟挑眉問道。

「我看是被氣瘋的。」孤虹冷冷笑著，怨毒之情溢於言表，「太淵，你不是向來覺得自己最為聰明，別人都比你呆蠢愚笨？現在你總算知道了，你才是痴傻愚笨的一個。你把別人都當作手中棋子，其實你才是那個早就被計算好位置的棋子。」

太淵停下了讓人頭皮發麻的笑聲，他放下手的時候，沾了不少血漬的臉上，竟然沒有一絲異常的神色。雖然不是平日那如面具一般的笑臉，但也能算是冷靜鎮定。

「我就說啊！」東溟看了熾翼一眼，「哭天搶地可不是太淵會做的事情，他剛才八成是看到你死了心裡高興，才不小心淌了幾滴眼淚。」

「熾翼。」太淵突然問，「你把我和孤虹找來這裡，是為了什麼？」

「孤虹是純血水族，炙炎、冽水都在他手中，只有他能幫我啟動陣式。」熾翼答道，「至於你，若是缺了你，陣式也完成不了。」

「好。」太淵點了點頭，「我知道了。」

東溟在風中輕聲嗤笑：「孤虹，你可聽清楚了熾翼的意思，怎麼還不動手？」

「慢著！」就在孤虹手指挪動的瞬間，熾翼終於按照在場所有人希望的那樣喊了出來。

熾翼與東溟對望片刻，終於把手上凶器朝著孤虹遞了過去。孤虹拿到長針，猛地推了太淵一把。

熾翼一把撐住了太淵的肩膀，兩人四目相對。太淵終是忍不住伸出手，顫抖著撫上了他的臉龐。

痂結叢生，起伏斑駁，只能依稀尋到幾分熟悉的輪廓……

「你……」太淵囁嚅著，說不出完整的話，「我……」

「你什麼都不用說。」熾翼幽深的瞳中看不出絲毫情緒，並非是他所熟悉的那種深沉莫測，而是毫無起伏的死寂黯淡，「你我之間，該說的不該說的，早就已經說完了。」

他推開太淵，再次轉過身去，太淵看著他的背影，一反常態地沉默著。

「帝君，幸不辱命。」那廂孤虹走到東溟面前，手中捧著自熾翼處得來的詭異武器。

東溟點了點頭，重新坐回椅中，好整以暇地望著熾翼，慢條斯理地說道：「我方才對太淵說過，自何處得來，必將歸於何處，你可同意這個道理？」

「不錯，萬物歸一，生滅恆常。」熾翼站在那裡，微仰著頭，「但縱然螻蟻，於生死之間也要一番掙扎，何況是我？」

「若是有其他法子，我也不願將你逼迫至此。」東溟靠在椅中，嘆了口氣，「熾翼，你好生去吧。」

熾翼一臉平靜地說：「帝君，縱然你法力無邊，但是妄圖操縱三界命運，終究不過是為命運所惑！」

「你跟著那朵花兒不過短短年歲，怎麼也變得如此囉哩囉嗦，不知所謂了？」東溟流露出些微不悅，「這些愚昧論斷，不過是窺天一線，用於本帝君身上豈不好笑？」

「熾翼，不用拖延時間。」孤虹接過話頭，「帝君可是快要撐不住了。」

東溟聞言大感錯愕，抬頭時七彩光芒已到眼前，他只得一手抓住刺來的長針，另一隻手打飛了孤虹。

「放肆！」自開天闢地以來，恐怕是第一次有人見到牧天宮主人如此氣急敗壞的表情，「竟敢對我使詐，孤虹你不想活了！」

他捂住腰側，那裡插著一把豔麗如同鮮血的短劍。而被他遠遠摔開的孤虹慢慢起身，擦去唇角流淌下來的血漬，不無得意地笑了出來。

「碧髓只能傷及表相，瓊血卻可壞你臟腑。」熾翼走到他的面前，「帝君，如今你被傷本源，非數千年不得恢復，不如就此回去東天修養，別再管世俗瑣事。」

「原來你們早就計畫好了……」東溟瞧著孤虹，「你不愛惜自己性命，難道連青鱗的性命也不在乎？」

「我可不是紅綃，喜歡孤注一擲。」孤虹笑著說道：「我對帝君所知甚少，又怎麼敢輕言信任？縱然帝君重諾之名盛傳已久，這一時承諾也當不得真。」

東溟的臉色蒼白近乎透明，看得出那一針一劍確實令他受了重創。

「還請帝君恕我不敬之罪。」熾翼小心靠近，在他面前躬身行禮。

「不論他給你何種許諾，我勸你三思而行。」東溟直視著他，一字一字地說道：「我既然能夠一手造就你，自然也可以把你毀了。」

「多謝帝君提醒。」

熾翼直起身子，朝東溟伸出了手。他的動作異常緩慢，以至於太淵能夠非常清楚地看到，隨著離東溟越來越近，他手上的皮膚彷彿被無數利器割開，片刻之後便已血肉模糊。

太淵正要搶上前去，但眼前白影閃動，孤虹擋住了他的去路。任憑太淵目光如何狠厲，只能換來嘲諷的笑容。

「上古至今，東溟天帝從不容人近身。」孤虹好心為他解惑，「幸虧此時此地，他又為碧髓、瓊血所傷，否則熾翼早就化作塵土飛灰了。」

這個時候，情勢又生了變化。

熾翼的手終於伸到東溟面前的時候，已經不成形狀，甚至多數手指被消融血肉，露出了森白的指骨。

「若是你敢用這麼噁心的手觸碰本帝君，我定不饒你。」東溟似乎不能動彈，只好僵直地看著近在咫尺的這隻手，右眼此刻化作了血紅顏色，代表他已憤怒到了極點。

熾翼充耳不聞，用那隻幾成白骨的手，挖出了東溟的眼睛。

東溟天帝的右眼非常特別。

他的左眼是極深的藍色瞳孔，右眼卻會隨著心情幻化出不同色澤，而熾翼將他的眼睛挖出眼眶之時，也未見鮮血濺溢。

熾翼手中握著一顆黑色珍珠，而東溟雙目緊閉，眼角緩緩流淌出了一絲七彩流光的血液。

「這四海帝君印鑒，理應由四方帝君輪流執掌。」熾翼將黑色珍珠收入掌中，「東天帝君辛勞已久，看管印鑒之責，未來就交由旁人費心吧！」

東溟並未回答，他不言不動地坐在那裡，竟然化為一片流光虛影，隨風消散了。

所有人都長長地呼出一口氣。

「熾翼！」太淵一把扶住了搖搖欲墜的熾翼，「你沒事吧！」

「嗯。」熾翼站穩之後用手臂隔開了他。

「好了，我答應你的事情已經做到。」孤虹走了過來，「你的承諾又要到何時兌現？」

「她來了。」

孤虹與太淵不由自主地順著熾翼視線看去，只見一抹豔麗身影緩緩行來。

「那不是……牧天宮的總管？」孤虹驚奇地說道。

「緋瓔。」太淵垂下眼簾。

「赤皇，蒼王，七公子。」緋瓔走到近前，朝三人一一行禮。

牧天宮中宮規嚴苛，緋瓔身為總管，數萬年間恪守禮儀規矩，縱然此刻面色灰白，進退動作依然平穩規整。

「總管來得正是時候。」熾翼朝她點了點頭。

緋瓔自袖中取出一個晶瑩剔透的水晶瓶，遞給熾翼：「九鰭青鱗的元魂精魄。」

「有勞總管。」熾翼接過，隨即放到了孤虹手中。

孤虹緊緊地握在手裡，看著瓶中似有若無的淺淡光芒，一時間百感交集。

「帝君此次受傷不輕，少說需要千年方能恢復。」緋瓔看向那張空置的座椅，

「帝君一旦復原，恐怕諸位的日子也不好過。」

「往後的事往後再說。」

「那麼至此，我欠丹明的，算是徹底還清了。」緋瓔笑得有些勉強，「赤皇大人，你多保重。」

熾翼默默點頭，目送著她離開。

「她這麼做，犯了東溟的大忌。」太淵平靜地說，「可惜了。」

沒人問他可惜什麼，孤虹是完全沒有心思理會旁人，熾翼則像是根本看不到他。

「孤虹，你先走。」熾翼說道，「我馬上就到。」

「時間不多。」孤虹與他擦肩而過時停下腳步，眼睛盯著太淵，「要不要我幫你……」

「不用！」熾翼皺起了眉。

孤虹哼了一聲，神情卻不見惱火。

終於，煩惱海中，萬鬼岩上，又只留下了兩個人，一雙影。

「你有什麼打算?」太淵看著腳邊形影交接之處。

「太淵,你走吧。」熾翼並未回頭,輕聲說道:「自此以後,我們都不必再見了。」

「當真?」太淵勾起嘴角,「我好不容易再見到你,又怎會如此輕易離去?」

「你應該都聽清楚了。」熾翼悠悠說道,「我本是死胎,是我的母親偷了混沌一口靈息,才能留下性命活到今日。」

「既然活了下來,便是你的性命,和你母親還有混沌都沒有關係。」

「我也曾經這樣認為。」熾翼慢慢地搖頭,「但是不行的,就像東溟說的那樣,自何處得來,必將歸於何處。」

「不是說浴火重生就可以了?」太淵抬起頭,朝他笑著說道:「我分一半的骨血給你,那便什麼問題都沒有了。」

「沒有用的。」熾翼嘆了口氣,「我方才那麼說,只是為了應付東溟,我並不想讓誰為我受苦。最重要的是,這法子根本異想天開,不可能實現。」

「你再說一次，好嗎？」

「什麼？」

「你對我說一遍，你是愛著我的，好嗎？」

「不好。」熾翼毫不猶豫地拒絕。

「你愛我是嗎？」太淵看著他的眼睛。

熾翼又搖了搖頭。

「好，我不逼你。」太淵的聲音變得有些奇怪，「那麼你能不能告訴我，如果你曾經愛過我，是從什麼時候開始的？」

「那是很久以前……也許你已經忘記了。」熾翼閉起眼睛，似乎完全陷入了回憶，「有一天早上，我睜開眼睛的時候，你就在我的身邊。陽光照在你臉上……那時我想，要是以後每一次睜開眼睛，這個孩子都能在我身邊就好了。」

「是那一天……」

「我從沒有對任何人有過那樣的想法，從來沒有。」熾翼的聲音悠遠而輕飄，

「然而就是那天，回舞死了。我對回舞並無愛意，我中意的是她的純血，若是涅槃之時是由純血的火族分我一半骨血，重生後我的力量便不會有太大變化……她死了以後，我的打算徹底成了泡影。不過說實話，自遠古之後，我已經活得夠久，倒也不在乎自己還能活上多少時間，我只是不甘心為命運擺布。

「後來我被關了起來，對著四面牆壁，我總是不知不覺想到你，不知怎麼就覺得或許不該輕易放棄，總還是會有其他的辦法。比如說，這世上還有另一個能夠與我心意相通、分享骨血的……」

他說得斷斷續續，意思卻表達得非常清晰，太淵忍不住往後退了一步。

「我知道你對我有種特別的感覺，於是我刻意和你親近，想著一步步地讓你死心塌愛上我，我們就能分享骨血，把那一口陽息還給混沌，你和我就能毫無顧忌地長相廝守。」熾翼笑著說道：「只可惜那時候的我從沒有愛過人，根本不知道這世間最不該計算的，便是所愛之人對自己有幾分真心。」

「別說了！」太淵把他摟進了懷裡，「你跟我回千水，不！我們可以去棲梧，或者別的你想去的地方。你涅槃需要骨血，也儘管從我身上取用。」

熾翼沒有掙扎，而是順從地靠在他身上，呼吸可聞的距離，讓他的胸口隱隱作痛。

「我或許喜歡過紅綃，但從來不曾變為情愛，到了後來，更是那一點喜歡也沒有了。我愛著的人……」太淵一手攬著他，另一隻手一寸寸地撫摸著他臉上醜陋猙獰的疤痕，「就只有你。」

話音落下，太淵感覺到了熾翼明顯的僵硬，知道他並非無動於衷，不由得暗暗欣喜。

過了很久，他等來了熾翼的嘆息。

「我等這句話，曾經等了那麼久……」熾翼無奈地說道：「你現在對我說這些，已經沒有什麼必要了，我現在什麼都不能給你。」

「我不需要你給我什麼！」太淵咬了咬牙，「不管你信不信，我從來沒有想過要從你那裡得到什麼！」

10

「好了，我信。」熾翼抬手覆住太淵的手背，如同長輩一般安撫似地拍了拍他，「你不用這樣。」

太淵只覺得心口一陣冰涼，他放開熾翼，往後退了幾步。

「你在報復我。」他笑了出來，輕柔地朝熾翼說道：「不過熾翼，我不會後悔的，哪怕重來一次，我也還是會那麼做。」

熾翼抬起頭看著他。

「既然你希望我那麼做，如果我不那麼做，就沒有辦法得到你了。」太淵笑著在他耳邊說：「我不是那種只要對方記得自己，就能滿足的傻子。」

「太淵，你真的不用這樣。」兩人靠得很近，熾翼看到自己吐出的氣息拂動太淵凌亂的鬢髮，不覺有些恍惚，「我們和別人不同，不是誰的過錯，也沒有誰誤會誰，只是我們兩個並不合適。所以，以前的事至此一筆勾銷，你走吧！」

說完，他往後退了兩步，離開了太淵伸手可及的範圍。

太淵伸出的手僵在半空，就連表情都凝固了。

過了半晌，他失魂落魄地垂下手，眼角眉梢鬱氣沉沉，好似在這彈指間蒼老了許多。

「我不走。」他聲音沙啞，神情中帶著一絲奇異的堅決，「你別以為還可以像從前那樣，把我當作你掌中的傀儡，隨意地為我決定任何事。」

熾翼看了他一眼，並未為自己辯解，而是轉身離去。

「熾翼！」

「我們幾許離合，在一起的時間雖然短暫，可也有好幾百年。凡人們相守百年，已是一生一世，我們好比度過了幾生幾世，已經夠了。」熾翼並未回頭，而是緩步前行，「你不用再來找我，我不會再見你了。」

「熾翼，你休想！」太淵追了上去，一把捉住他，「你以為這輕飄飄的一句算了，便能了結一切？」

「那你如何才肯甘休？」

「甘休？」太淵笑了起來，「熾翼，你與我之間，哪會有甘休的一日？」

他的笑聲驀地停住，一截明晃晃的劍尖從他腰腹刺了出來。熾翼只來得及伸出手，接住他倒下的身體。

「孤虹！」熾翼半跪在地上，好不容易扶住了他。

孤虹神情冰冷，把手中沾血的斷劍丟到地上。

「別急。」他自上而下俯視兩人，「我沒有傷他要害，一時半刻他死不了。」

「你這是什麼意思？」

「你這麼緊張他做什麼？」孤虹勾起嘴角，「這個傢伙有多纏人，難道我還不清楚？我看你下不了手甩不脫他，只怕誤了大事，這才出手幫忙，你不用太感激我。」

「你！」熾翼用力按住太淵的傷處，感覺鮮血洶湧而出，轉瞬沾濕了自己的手掌衣袖，不禁慌亂起來。

「我怎樣？我沒有一劍刺死他，已經給足了你面子。」孤虹啐了一口，「我恨不得把他撕個粉碎，然後剁成泥碾成醬。現在只是刺他一個窟窿，實在是太便宜他了。」

熾翼無心爭辯，解開腰帶，纏在了太淵的腰間。

「熾翼！」他打完結，手就被太淵抓住了，「我好痛……」

熾翼沒有抬頭看他，而是看著兩人交握的沾滿鮮血的手。

「熾翼……」太淵靠近他，暗色的血漬滲出布料，迅速在天青色的衣衫上擴散。

「你別動！」熾翼皺著眉頭，想要推開他卻又無法用力。

「你夠了吧？」孤虹不耐地哼了一聲，「方才我故意弄出了響聲，你自己不閃不避特意受傷，想讓熾翼心軟，真是好不要臉！」

「熾翼，被劍刺到原來這麼痛。」太淵沒有理會他，一味纏著熾翼，「當初你受的傷比這嚴重得多，那一定痛得非常厲害……」

「太淵。」熾翼抬起頭來，對他說道，「你的傷並不嚴重，我讓孤虹送你離開。」

太淵閉起嘴，慘白的臉上一片肅殺之色。

「不裝了啊！」孤虹嘲笑他，「那還不走，礙手礙腳！」

「孤虹。」熾翼站起身，朝著萬鬼岩下走去，「交給你了。」

「你放心，既然我答應你，自然會做到。」孤虹彎下腰，笑著問太淵，「太淵，要不要皇兄我背你出去啊？」

太淵一把揮開孤虹伸到面前的手，自己站了起來。

「你想去追他？」孤虹在他身後嗤笑著，「別白費力氣了，你夠聰明就別耍花招跟著我走，要是不聽話我就再刺你幾個窟窿。反正只要把你活著帶出這裡，我答應他的事情就完成了。」

「熾翼！」太淵顧不上其他，一心就想要追上眼前漸行漸遠的背影，可是沒想到跑了段路，卻是離得越來越遠，熾翼的身影轉眼消失在了密林灌木間。

太淵停下來的時候，發現自己站在一棵大樹下，他回首望去，萬鬼岩不知不覺已經離得十分遙遠。他愣了一下，頓時面色大變。

「站住！」孤虹突然出現在他面前，擋住了去路，「不用去了，他不是說了，永生永世都不會再見你？」

「讓開！」太淵目眥欲裂。

「怎麼，慌張了？傷心了？覺得氣得快要死了？」孤虹環抱雙臂，「實在是太好了！太淵，你就氣死吧！這死法還真是適合你這種多疑狹隘的小人。」

「孤虹，你和熾翼在計畫什麼？」

「怎麼突然說話這麼直接，我還真不習慣。」孤虹嘆了口氣，「告訴你也無妨，熾翼此刻仍在萬鬼岩上，他要解開封鎮，然後以魂替之。如果他成功了，天地陰陽便會重新恢復平衡，困在煩惱海的水火神族便能解脫而出，如同世間那些凡族一般轉世重生。」

孤虹說完，正等著太淵發瘋，卻看他閉上了眼睛。

「他總這樣，總是要做些違逆我心的決定。」太淵竟然笑了出來，「不過算了，若不是這麼獨斷獨行，也不是熾翼了。」

「陣式即將發動，你愛惜性命的話，就跟著我退到更遠的地方。」

「那就是說，不論他成功與否，以後我都見不到他了？」

「他方才不是已經與你告別了？」孤虹環抱雙臂，悠閒地靠在身旁的大樹上。

太淵撫上腰間熾翼為他治傷時纏上的腰帶。

「我與熾翼的約定是把你帶到安全的地方，然後保證你的安全。不過你這樣狡猾的傢伙，出現意外狀況也在情理之中。」孤虹看他走過身邊，提醒道：「別怪我沒提醒你，這一去可是有去無回。」

太淵頭也不回，徑直去了。

重重黑雲遮蔽金烏，煩惱海中昏暗無光，不知何時更是起了濃霧。越往萬鬼岩靠近，霧氣越是濃重。

此地無法飛行，太淵只能依靠雙腳在密林間奔走。樹枝芒草割破了他的衣襬，甚至割傷了他的腳踝，陰寒之氣侵入了單薄的衣衫。無數雙血紅眼睛窺伺周圍，充滿恨意的視線緊緊相隨，他卻恍若未覺。

再一次站在萬鬼岩下之時，他的雙腳早已沾滿鮮血汙泥。

「熾翼，你休想！」他望著被層層黑霧圍繞若繭的地方，想到那裡有自己千萬年割捨不斷的思念，不由得笑了起來，「你若敢為無謂之人去死，我便讓這三界為你陪葬！」

熾翼周圍滿是魂魄虛影，腳下是正向四周漾開的暗沉血紅。

泉臺目開，其下連通地獄血海，唯有將昔年枉死的神族魂魄引入地府，在血海之中蝕盡神力，在忘川之中放棄前塵，才能真正地踏上輪迴往生之途。

一隻半是白骨的手掌從那片濃稠晦暗的血紅探出，朝熾翼的腳踝抓了過來，但沒有觸及便消融烏有。

那是在世間犯下惡行重罪的凡人，在地獄受完刑罰，魂魄就被拋入血海，日夜浸泡在這汙穢不潔的血水之中，最終成了嗜食血肉的陰靈，不論活物或者魂魄，它們會撕咬吞噬能夠接觸到的所有東西。

但是對此刻聚集在萬鬼岩上的神族來說，可怕的並非微不足道的人類惡鬼，而是血海本身。

神族源於天地自然，最講究純粹潔淨，懼怕渾濁汙穢，他們對彙聚了世間殺戮欲望的血海的抵抗之力，遠遠及不上半神甚至凡人。當血紅之色慢慢流淌到眼前的時候，他們都不自覺地往後退去。

「熾翼。」

正看著腳下的熾翼抬起頭，看到了一個穿著紅色鮫綃，不同於周圍灰暗魂魄的美麗女子。

也許是因為她身上衣衫的顏色過於豔麗，魂魄們不敢聚攏在周圍，紛紛避退開來，讓出了一條通路。

那女子的五官只能說是清秀端正，但是從一側眉梢直到鬢角延生而出的朱紅鳳羽，讓她自清淡無味頓時化為濃烈華美。

「紅綃？」熾翼愣了一下，立即反應過來，「妳果然沒走。」

「你打算一個人帶著他們通過血海？」紅綃的臉上滿是嘲諷，「你也未免太過高估自己了。」

「妳若是明白這裡有多麼凶險，就快些離開。」熾翼無心多說：「我把妳帶來這裡，為妳補全魂魄，可不是為了讓妳評論我的作為。」

「我要你告訴我那孩子的下落。」她的臉龐有些扭曲，「你當年並沒有殺了那個孩子，是把他藏到哪裡去了？」

「這個夢妳作了這麼久，到今天還沒有清醒嗎？」熾翼憐憫地看著她，「能夠全身而退已經多麼難得，妳為什麼不趁此機會遠離紛爭，還要一腳踏進泥潭？」

「你有什麼資格告訴我該怎麼做？」紅綃冷笑著說：「那是我骨肉相連的孩子，你害我們母子分離，還從我身上取走大半魂魄，害得我渾渾噩噩直到如今，難道我還要為你的恩德磕頭拜謝不成？」

「那妳就留在這裡好了。」熾翼低下頭去，「等進了黃泉血海，我便告訴妳那孩子的下落。」

話音剛落，他腳下的紅色血水，突然朝著紅綃站立之處迅速蔓延擴展。

「熾翼，你活該會有今日！」紅綃慌張地往後退去，「就算你今日以身相殉，也無法抵償曾經犯下的罪過！」

熾翼不再理她，只是專注地看著自己腳下。紅色的水中伸出了許多手，把周圍的魂魄一個個拖了下去。空氣充滿了可怕的血腥味，紅綃不停後退，最後終於忍受不住，轉過身往岩下跑去。

只有留下性命，才能再論其他，她才不要因為熾翼這個瘋子枉送了性命。

「瘋子！」她一邊跑一邊恨恨地咒道，「你死了倒好，免得我往後還要日日提心吊膽。」

只是罵完之後猛一抬頭，頓時駭然停步。

不遠處，太淵站在那裡。

太淵從來都是從容深沉的，他總是一寸寸一分分地，將想要得到的東西盡數蠶食。你永遠分不清這個人是真心還是假意，他可以前一刻對你深情不悔，一轉身就讓你生不如死。

他現在這一身凌亂、神情恍惚的狼狽模樣，是數萬年間不論波折起伏都未見過的，可誰知道，這會不會是為了又一場的陰謀算計？

紅綃面露嘲諷，打算就這麼視而不見地擦身而過。

兩人錯身時，她本以為太淵會喊住自己，甚至連腳步都緩了一緩，可太淵沒有，他甚至沒有多看自己一眼。

她當然知道太淵在看著什麼，就跟從前一樣，太淵的眼睛一直注視著的，就只有熾翼。

「傻瓜！」她不屑地冷笑，眼中卻落下了淚來。

她不知道的是，在方才那一瞬間，太淵本想要喊住她的。

過去數千年花費的無數精力心血，在這一天突然結成了華彩爍爍的果實，又怎會有人願意與之錯失交臂？

太淵當然不願，但是他想到，熾翼就在那裡！

就算黑霧阻斷了視線，太淵仍清楚地感覺到，熾翼就在不遠的前方。也許他正看著自己，看著自己如何面對紅綃。所以太淵並沒有喊出聲，沒有試圖做出任何挽留紅綃的舉動。

既然熾翼還在，那麼這具身體就派不上用處，也沒有任何意義了。

如果自己現在攔住紅綃，流露出半點不捨，哪怕那種不捨只是針對花費在這具純血之軀上的心力，也許會讓熾翼生出誤解……

感覺紅綃去得遠了，太淵長長地呼出一口氣。

從踏入煩惱海起，發生的一切完全超出了他的預料。

那些古老年代發生的往事，環環相扣有關世間存亡的祕密，尤其是熾翼周身隱隱環繞著的那種氣氛，讓他只能跟隨著事態發展，成了無力影響全域的旁觀者。

東溟說的半點不錯，只要事情關乎熾翼，他就會喪失平常心。直到剛才一路奔逃，他終於能沉澱心情，開始考慮前因後果，分析得失利弊，預測情勢未來。

將所有事情梳理通順之後，瞭解了每個人在其中扮演的角色之後，他非常無奈地發現，諸如被愚弄了、被欺騙了此類自己最為痛恨的感覺，完全抵不上就要失去熾翼的惶恐。

也許自己對這個人的感情，早就達到了無法用任何東西衡量比擬的地步。也許在很久以前，自己就已經察覺到了這種感情，因為太過害怕，害怕對方無法體會和給予自己同樣的回報，才生出了毀滅葬送的念頭。

可當年的太淵能夠任由熾翼從自己眼前消失，現在的太淵做不到。

重複地用同一個辦法，對付別人或許有效，但是對他太淵，終究是行不通的。

他那時對待這個人的殘忍，千百倍地報復到了自己身上，那樣愚蠢的錯誤，怎麼可以再犯一次？

這一次……不論怎樣也要抓住這個人，再也不可以被他拋下！

最後一個幽魂歸於黃泉的那刻，血海轉眼消失不見，取而代之的，是那深不見底，彷彿能夠吞噬一切的幽暗洞穴。

洞穴內，埋葬著虛無之神混沌的肉身，還有……赤皇熾翼。

太淵慢慢地走了過去，熾翼看到他，鎮定的表情一瞬之間崩裂瓦解。

「陣式已經封閉，你怎麼可能進來？」他幾乎是尖利地質問，「孤虹？是孤虹！」

他會這麼認為，是因為在陣式封閉之後，唯有與陣式息息相關之人才不會為陣式排斥，比如生出鳳羽的紅綃，還有就是擁有龍鱗的孤虹……

「我沒有給她。」太淵沒頭沒腦地說。

熾翼愣住了。

「你說……」

「那顆心，我沒有給紅綃。」太淵踏上這片猩紅血域，身形一晃之後再次站穩，一步一步走了過來，「你給了我，那就是屬於我的東西，我又怎麼會交給別人？」

「但是……」紅綃，分明成了純血。

「總會有其他辦法。」太淵走到他面前，拉起了他的手，「但如果我將你的心給了她，那你就沒有了復生的希望。我做的一切，就是為了讓你再活過來，所以那日見到你的時候，我才會那麼失態。」

等你再次醒來，睜開眼睛看到我，或許會憤怒至極，但是只要我苦苦哀求，軟硬兼施，以死相逼，你一定會心軟的。哪怕是一千年一萬年，總會有磨到你原諒我的那一天。

因為自己對這過程設想了千萬次，所以那天看到以全然陌生的姿態出現在面前的熾翼，才會那麼猝不及防，又喜又驚之下，又有些惱怒。

「夠了！」熾翼甩不開他，惱火地說道，「謝謝你用心良苦，若是說完了，你就走吧！」

「你變了。」太淵皺起眉，旋即又舒展開，「無論你變成什麼樣子，也都是我的。」

「你！」熾翼惱火至極。他此刻是整個陣式的中心，心緒一亂立刻引動異變，等到察覺不對，腳背已經陷入了洞穴之中。

「太淵，你好好聽我說。」他心中焦急，卻只能不動聲色，強作鎮定地說道：「我已經知道了，你先放開我，往後退一些，等我送走了他們就回來，我們再好好談一談。」

「熾翼，你真傻。」太淵笑了，強迫他與自己十指交纏，「我好不容易再抓到你，怎麼會就這麼放手？」

「你給我滾！」熾翼傷痕滿布的臉一片慘白，「你令我變成了這副模樣，又殺了無名，我永遠不會再信你，永遠不會原諒你，你不要白費力氣！」

「你了解我的。」只有聽到「無名」時，太淵的臉色有些變化，但熾翼說完之後，他又是一臉無謂，「不論你說什麼、做什麼，我都不會鬆手，不要白費力氣的是你才對。」

熾翼心中一片冰冷，他與太淵相識萬載，何嘗不明白對太淵如何咒罵懇求都是無用手段，可此時封鎮即將打開，再晚片刻就來不及了。

「你快放開！」他的腳完全陷入了暗處，太淵自然已經發現了，「封鎮會侵蝕你的神力，你沒有了法力，還怎麼掌握那些半神，怎麼和孤虹東溟寒華他們……」

「噓！」太淵捂住了他的嘴，「那些不怎麼聰明的傢伙，我早就玩膩了，至於孤虹他們……我有了你，還需要用他們來打發時間？」

熾翼用盡全力想要掙脫，卻發現太淵正隨著自己一同往下沉落。

「你為什麼要這樣？」熾翼絕望地閉上了眼睛，「那時我就決定，就算我能藉著其他軀體存活下來，也再不會見你，不和你說話，讓你以為我已經死了……」

「你捨不得我的。」太淵附在他耳邊，喃喃地說道：「我這麼聽你的話，你讓我怎樣我就怎樣，沒了你，我一刻也無法閉上眼睛。」

「放手吧！」熾翼覺得自己的聲音在顫抖，「你我不能共存……」

「是嗎？」太淵嘆了口氣，「不能共存那就同死，不論天上、黃泉還是其他的什麼地方，我和你一起去不就是了？」

熾翼退開了一些，看著太淵平靜的面容，然後拉開了他的衣領。那裡面用紅線繫著一塊暗紅的血玉，上頭的紋路模樣居然極其熟悉。

「這是……赤皇令？」

「這是我的，就算是你，也不能拿走。」

「太淵。」熾翼握住了那塊紅玉，「我們認識了多少年？」

「很久了。」太淵閉起了眼睛，「可是想起來，好像還在眼前。」

「那麼多年了……」

「我那個時候覺得，這個人真是美麗，比我所收藏的任何東西都要美麗。」太淵撫摸著他的臉頰，「這麼美麗的人，若是我的，若是只屬於我一個人，那就好了。」

「你又在騙我。」熾翼輕輕哼了一聲，「我怎麼不知道你有這樣的想法？」

「你要原諒我，我是個愚笨的人。」他的手指停留在熾翼眼角，「所以，我用了比別人更長的時間才想明白。」

熾翼垂下眼簾，不願再和他對視。

黑暗漫過了膝蓋，然後漫上腰際。

「太淵。」熾翼的聲音很溫柔，恍如在夢中聽到那般，「我常聽凡人說，到了一世終結，最美好的，莫過於與所愛攜手黃泉。你我不是凡人，這下面也並非黃泉，但說到底，從開始到現在，也不過就一生一世。」

太淵攬緊了他，將臉埋在他的髮間。

「可是……」熾翼輕聲地笑了，「他們攜手共赴的還有來生，你再不放手，真的是什麼都沒有了。」

太淵也跟著笑。

「怎麼辦呢？」熾翼閉上了眼睛，「就算我能夠原諒你，也沒有辦法原諒我自己……可是到了現在，我還是捨不得你……」

「有什麼值得煩惱？」太淵對他說：「既然捨不得，那就把我帶在身邊，然後你可以一直欺負我，直到你的氣都消了，直到你能夠原諒自己為止。」

「你這個人……」熾翼嘆了口氣，接著卻笑了，「不如，我們再試一次！」

太淵沒有來得及抬頭，已經被金色的光芒耀花了眼睛。

「太淵，不如我們就信一次命，把一切都交給天意吧！」矇矇矓矓之中，太淵聽到熾翼這麼對自己說。

太淵素來不信命運，可是此後他也會想，這世間是否真有冥冥天意？若是他沒有把熾翼的心與赤皇令煉化一處，若是那日倉促之間沒有提及，那麼又會是怎樣的一種結局？

但是那一天，終究還是按照冥冥中註定的那般……彷若陽光一般的金色火焰，穿透了九霄，照亮了黃泉。

尾聲

這是過了自己都記不清的歲月之後，奇練第一次離開印澤，來到了闊別多年的地上。

到處都是擁擠的人潮，滿目皆是從未見過的奇妙事物。

最初的驚訝過去後，他只覺得好不適應。

此時夜已經深了，街上行人少了許多，他漫無目的地走著。

不知為什麼，他想起了很久以前，那時他家裡還有許多人，大家雖然說不上關係很好，卻總是非常熱鬧。

想著想著，突然之間變得意興闌珊。

他低頭瞧著腳下的道路，直到一抹熟悉的背影自眼角掠過，他不由自主地抬頭望去，吃驚地「咦」了一聲。

那是一個高眺男子，手上牽著小小的孩童。男子沒有察覺到他的注目，倒是那孩子邊走邊轉過頭來。

原本奇練是認出了男子的背影，此刻看清了孩子的模樣，心往下一沉，生出了無數訝異、疑惑、驚愕。

那孩子約莫七、八歲模樣，穿了一件天青的外衣，容貌稚嫩可愛，琥珀色的眼睛清澈透亮，若不是捕捉到其中一閃而過的錯愕深沉，奇練差點以為那只是個普通的孩子。

「太……」那名字哽在奇練喉中，吐也吐不出來。

孩子看似澄淨的眼睛轉了一轉，回頭扯著男子的衣袖搖晃，用童聲軟糯地說話，男子便停下了腳步，彎腰把他抱了起來。

他趴在男子肩上，滿臉天真欣喜的笑容，悄聲在對方耳邊說著什麼，看得奇練心中一陣惡寒。

「就你事情最多！」男子的聲音遠遠傳來，隱約帶著些笑意，「小心惹惱了我，隨手扔了你這煩人精……」

拐過轉角時，男子似乎瞥了這邊一眼，目光卻沒有在他身上多作停留。

奇練呆站了半晌，腦子裡糊塗成了一片。等到他回過神，想要追上去的時候，卻被人自身後攬住了腰。

他本能地曲肘回擊，擊到了空處，他腰上的那隻手卻還在原處。

「明珠，你走得真快！」好似撒嬌一樣的聲音，讓他忍不住覺得五內泛酸，「你明知道我不習慣用爪子走路，還走得這麼快，根本是故意欺負我。」

「您跟著我幹什麼？」他連回頭去看的勇氣都沒有，乾巴巴地說道，「放開！」

「咦？」他身後的那人突然說，「那不是丹明……」

奇練渾身一震，急忙轉過身去。

「您看到誰了？」他追問：「您是不是看到熾翼？」

「熾翼是誰？」那人歪著頭，非常無辜地問。

「您不是說了丹明，熾翼就是丹明的……」

「啊！」那人大叫一聲，用力摟住了奇練的腰，把他嚇了一跳，「明珠，你這樣打扮真好看！」

「您這是做什麼？」奇練暗自惱火，想要不著痕跡地把他推開，「帝君，請您自重。」

被喊作帝君的這人，有著金銀異色的雙瞳、一頭閃耀著七彩光華的墨黑長髮，五官更是難得一見地美麗，只是整個人像沒有骨頭一般，緊緊地巴在奇練的背上。

「明珠，我走得好累，爪子好痛啊！」

「那不是爪子，是腳。」奇練頓時心頭火起，「您這像什麼樣子，快放開我。」

「明珠，你背我……」

「臣下不敢。」

「哇！那個地方好漂亮，我們過去看看吧！」

「此地魚龍混雜，還是請您先回長生殿。」

「咦？什麼魚？還有別的龍嗎？」他左右張望了一下，轉過身發現奇練已經走開了，急忙追上去。「明珠，你別走……」

「熾翼，你在看什麼？」

「沒什麼……」熾翼微微一笑，「夜色不錯，我們再走一段。」

「好啊！」太淵貼著他的臉頰，「你累不累？我自己下來走吧！」

熾翼沒有說話，只是略帶笑意地看著他。

「我再過幾年就能長成了，不會一直這樣的。」太淵有些惱怒，低低地咒罵了一聲。

他此時聲音稚嫩，配著那有些陰沉的表情，竟是意外地可愛，熾翼終於忍不住，大聲笑了出來。

——《焚情熾之焚心》完

——《焚情熾》全系列完

番外　山木有枝

熾翼站在火鳳背上，看著西方斜陽將落，天邊高懸的紅色宮宇映出了重重虛影。

他嘴裡打了個呼哨，後面的整個隊伍都停了下來。

「大皇子！」化雷上前詢問，被他抬手阻止了。

「你們在這裡等我。」他拉緊了黑色的斗篷，「別被人看到了。」

「可是您的身體……」

「我沒什麼大礙。」他摸了一下頸邊隱約發燙的紋印，「如今戰事正緊，若是被人知道我回了棲梧，只會橫生枝節。」

化雷只能領命，帶著下屬降落到下方密林之中。

熾翼拍了拍火鳳的頭，一個人往棲梧飛去。

自從水族經歷百夷之亂，對屬族的控制大不如前，四海八荒的局勢隨之生出了變化。原本歸屬於水族的西蠻開始陸續投向火族，到如今東海和南天終於勢均力敵，不再是水族一家獨大。

這顯然惹惱了水神共工，近些年兩族在南山附近時有衝突，前不久北方邊境蠻族作亂，也和水族脫不了干係，兩族之戰恐怕為時不遠。

偏偏在這個時候……他握緊了拳頭，心中的焦躁又多了幾分。

熾翼潛入城中，一路小心避開守衛，暗中尋到了長老的住處，可出乎意料的是，常年獨居的長老竟然不在。

他疑惑地走出屋子，發現有兩個侍女朝這邊走過來，連忙躲上了一旁的大樹。

「我覺得這事本來就透著蹊蹺。」其中一個侍女壓低了聲音：「他們都在說，靈翹君后不是火族，就連凰女都很難孕育聖君後嗣，她才嫁過來多久，那麼快就懷上了孩子，不是很奇怪嗎？而且她的肚子那麼大，我們火族懷胎哪有那麼大的！」

「這不是胡說嗎？」另一個侍女反駁道：「君后懷了聖君的孩子是千真萬確的事情，她不是那樣的人。」

「誰知道呢？妳別忘了她是哪家的女兒！反正我相信有其父必有其女！」先前那侍女忿恨地說：「當年北忽天帝為了讓她當上我們火族的君后，滅了整個凰鳥族，害得我們再也不會有純血的鳳凰了！說她是火族的大罪人也不為過，妳還要為她說話？」

另一個侍女沉默了。

熾翼聽到這裡，忍不住皺起了眉頭。

他站在枝椏之間，抬頭看向了嘉木宮的方向。

雖然就要迎來新的主人，但整座宮殿異常地安靜。

靈翹坐在窗邊，拎著一件小到可憐的衣服比劃，一個人在那裡傻笑。

熾翼隔著花木遠遠看著，嘴角越抿越緊。

堂堂的火族君后，住在這麼冷清地方，連個服侍的人都沒有。

「誰在那裡？」靈翹突然站起來，朝這邊張望。

熾翼連忙躲到樹後。

靈翹想了想，問了一句：「是熾翼嗎？」

熾翼站在樹後沒有動。

「你躲什麼，別踩到我種的花兒！」靈翹帶著笑意說：「我都已經看見你啦！」

熾翼呼了口氣，從樹後走了出來。

「就知道是你！」靈翹朝他招手：「快過來給我看看！」

熾翼不情不願皺著眉頭，一步一步挪了過去，但終究小心避開了那些花。

「果然瘦了。」靈翹嘖了一聲：「化雷肯定愁死了，你比他女兒還要挑食。」

「別說沒用的廢話。」熾翼不耐煩地說：「妳怎麼樣了？」

「是問你的妹妹嗎？」靈翾摸了摸自己的肚子，「她很乖。」

熾翼眉頭越皺越緊：「妳為什麼要這麼做？」

「做什麼？」靈翾一臉茫然，「熾翼，你在說什麼？」

「為什麼要懷我父皇的孩子？」

「怎麼問這樣的問題，你這孩子真是……」靈翾捂住了自己的臉。

「夠了，別跟我裝傻。」熾翼更生氣了，又補充一句：「妳也沒比我大多少，別真把自己當我的長輩。」

「我哪裡有資格？」靈翾自嘲地笑了一笑，「但是熾翼，我沒有別的選擇。」

「這世上沒有不能選擇的事情，只是願不願意罷了。」

「有的啊！」靈翾盯著他的眼睛：「有的。」

熾翼想要反駁，但還是忍住了。

「我知道你要說什麼。」靈翾低下頭，摸了摸自己大到異乎尋常的肚子，「我確實是那麼想的……我父親北忽帝君一死，我可能也活不長了，但如果我有了聖君的孩子，也許我就能在棲梧長久地生活下去。」

「妳不是凰女，生不出純血的子嗣。」熾翼抿了抿嘴唇，「而且從前那些懷了我父皇孩子的女子們，沒有一個能活到把孩子生下來。」

「就算不是純血，也是你父皇的骨血、你的手足啊！」靈翹笑咪咪地答非所問：「回舞公主多漂亮啊！我也希望能有一個那麼漂亮的小公主。」

「妳就不知道害怕？」熾翼都快要被氣笑了，「妳懷了孩子又怎麼樣，難道我父親還缺一個半血的子嗣？」

「你啊，一點面子也不給我留著。」靈翹終於笑不下去了，「說話就不能婉轉一點嗎？」

「我會去和父皇商議讓妳把孩子落了，孕育火族的子嗣太危險。」他認真地說：「父皇會聽我的。往後妳也不用擔心，沒有人敢在棲梧城傷害妳。」

「謝謝你的好意，但是我已經……」

「凰鳥族一事都是北忽帝君所為，和妳沒有絲毫關係，只要再過一些時間，大家就會……」

「熾翼，你能不能聽我把話講完？」

熾翼閉上了嘴，點了點頭。

「我起初也是那麼想的，但是懷上這個孩子之後，我改了主意。」靈翹摸了摸自己的肚子，「如果這個孩子生下來，在這個滿是敵意的地方長大，那會有多麼艱難。」

說到這裡，恰巧她的肚子動了一下，熾翼嚇得往後退了一步。

「所以我決定了。」她笑了起來：「等孩子生下來，我就帶著她回北野昆侖。」

「妳回去那裡做什麼？」熾翼立刻反對，「北忽帝君死後，鯤鵬兩族分崩離析，群玉山上什麼都沒有了。」

「宮殿毀了還能再建，就算什麼都沒有，那裡也還是我的故鄉，就好比棲梧是你的故鄉一樣。」靈翹歪過頭，臉上的輪廓在燈光下越發柔美，「未來，哪怕你已經離開了這裡千年萬年，你總會想念這裡，想要回到這裡。」

「但是……」

「我求了聖君很久，他已經答應我了。」靈翹的眼睛裡閃閃發光，「他說讓我帶著孩子一起離開，從此昆侖和南天的仇怨一筆勾銷。」

熾翼抿了抿嘴唇，眉頭並未鬆開。

「要是生了個小王子。」靈翹望著他的眼睛，「真希望他和你一樣……熾翼，你會來昆侖看我們嗎？」

「有什麼好看的，我討厭小孩子……靈翹？」話說到一半，靈翹突然捧著肚子彎下了腰，他頓時慌了：「妳怎麼了？」

「我可能快要……不！」靈翹扶著窗框，不多時就出了滿頭冷汗，「你別喊！」

「不是要生了嗎？」熾翼停下了喊人的動作，翻身跳進屋裡扶住了她。

「你是偷偷跑回來的，就別給我惹麻煩了。」靈翹喘著氣，做出趕人的動作：「我自己喊人，你先走吧！」

「那妳喊，等人來了我就走。」

靈翘拗不過他，只能在他的攙扶下挪到門口喊人。喊了十幾聲，遠遠地才有人應聲，熾翼已經極為憤怒。

「好了好了，她們會去找醫官過來的。」靈翹安撫他。「你快點走吧！」

熾翼將她扶到榻上，收回來的手握成了拳頭。

「走啊！」

他深吸了一口氣，但轉過身又被喊住。

「把這個帶著。」靈翹丟了一個包袱給他：「我本想託人送去南山，你回來了就自己拿走吧。」

熾翼正要問裡面是什麼，聽到凌亂的腳步聲朝這裡過來，只能閃身出了窗戶，跑到隱蔽處。

屋子裡一陣慌亂，有人喊著「要生了」，接著窗戶也被關上了。

熾翼打開手裡的包袱，看到裡面的東西之後愣了一下。

他看了緊閉的窗戶一眼，找地方放好包袱，轉身往紅塔飛去。

紅塔位於梧桐最高的主枝，每當戰時或是有難決之事，長老便會來此處燃起火焰，占卜吉凶。

快到紅塔時，熾翼看到父皇的隨侍站在門前，他想了想，還是藉著枝葉的遮擋從後面飛了上去。

紅塔最高的那一層，祝融和長老正在說話，熾翼本想從窗口進去，但聽到靈翹的名字，他停了下來。

「陛下，關於靈翹公主的事情，您不會改變主意了吧？」長老站在燃起的火堆旁，火光忽明忽暗，映照著他線條凌厲的臉。

祝融嘆了口氣：「沒有別的法子了嗎？」

「我知道您在顧慮什麼，可如今的局勢您也要看清楚。北忽帝君已經不在了，我們接下來的任何舉動，都是為了展示我們真的能和東海抗衡。」長老從火中取出一截枝幹，「不只是火族的屬臣，西蠻也在等著看您如何決斷。」

「靈翹她……並沒有過錯。」

「她確實沒有過錯，我們不是在懲罰她，事實上正相反。」長老揮舞著枝幹，星星點點的火光在空中散開，「她嫁給您，成為了棲梧的半個主人，享有火族君后的殊榮，如今為火族奉獻己身，也是應盡之責。」

「話是這麼說，但獻祭神木她必定不會願意。要是我們強迫於她，日後說我逼死自己的妻子……」

「等神木化形，我族就能成為世間第一的神族。您成為天地的共主，這世間都會頌揚靈翹公主的捨身之舉，誰敢說您半句的不是？」

熾翼面色陰沉，靜靜地站在窗外。

祝融很久都沒有說話。

「聖君，早些做個決斷。」長老將樹枝丟回火堆之中，「如今神木精魄日臻凝固，若是獻祭了古神鯤鵬的女兒，化形便指日可待。再說，這麼多年來，您夭折的子嗣都將魂魄獻給了神木，神木就是您的孩子……」

「好了，不要再說了！」祝融打斷了他：「靈翹生下的孩子又該如何？」

聽到這一句，熾翼閉上了眼睛。

「雖說孩子也是聖君的後裔，但族中實在不好安撫，不若先將孩子送去昆侖，待聖君主掌天地，再將孩子接回好好撫育。」

「那就……」

「聖君！」下方傳來呼喊之聲：「嘉木宮傳來訊息，君后即將生產！」

長老喊住了想要離開的祝融，「聖君，我就在這裡等您的消息。」

祝融腳步遲疑了一下，沒說什麼就離開了。

熾翼站在高處等祝融離得遠了，才踏著欄杆跳了進去。

「大皇子？」長老驚訝地看著他，連忙迎上前，「您怎麼會在此處？」

「長老，您說過若是感覺到異常，就要過來找您。」他拉下兜帽，鬆開了領子。

頸邊的金色刻印時不時閃過微光，彷彿有什麼東西要從其中破裂而出。

「這是……」長老臉色生出了變化，「大皇子這是要涅槃了啊！」

「父皇五千年才涅槃一次，我剛剛過了三千歲，為何就會有涅槃之兆？」

「聖君除了您之外沒有其他純血皇子，您會何時涅槃無人能夠定論。」長老神色凝重地說道：「而且您肩上的神印乃是南條帝君所刻，它雖然令您力量強大，對涅槃會有什麼影響卻未可知。」

「我該怎麼做？」

「神木會護祐您度過涅槃之期。我這就著手準備。」

熾翼看著長老的背影，拉好了衣領，然後笑了出來。

長老回過頭，不解地看著他。

「不如長老再和我說說涅槃之事。」熾翼轉向他：「我沒有見過父皇是如何涅槃，可我記得丹霞當年浴火生下回舞，之後變得非常虛弱，沒多久就去世了。」

「凰女生產十分凶險，加之丹霞君后身體孱弱，生下小公主才會不幸身亡。」

「有人暗地傳言，說是丹霞之死和昆侖有關。」

「大皇子當年也在一旁，應該知道這不過是謠傳而已。」

「是！我看著丹霞被抬進神木之中，後來她就死了，所以這和北忽沒有關係，但是……」熾翼微微瞇起了狹長的眼睛，「這和長老，和神木有沒有關係，我卻不敢斷言了。」

「這話是什麼意思？」長老沉下臉。

「意思就是，原來父皇那些夭折的子嗣，都被獻祭給了神木。」

「原來大皇子都聽到了。」長老倒也沒有否認，「我等神族死後魂魄皆會回歸天地，奉獻給庇蔭自己族人的神木，豈不是兩全其美？」

「若真是如此好事，為何長老和父皇並未公之於眾？」熾翼微笑著問道：「因為將神木育出精魄需要的是純血？或者是鳳凰的幼兒？」

長老目光閃爍地看著他。

「凰鳥族曾經上報，多年來常有嬰兒不知所蹤，懷疑是大鵬族盜走的。」熾翼摸了摸鬢邊鮮紅的頭髮：「現在想來，未必沒有別的緣由。」

「大皇子，我所做的一切，都是為了聖君，為了火族。」

「長老為了我族殫精竭慮，實在是用心良苦。」說完這句話，他忍不住低頭笑了一聲，「長老，我聽說您出身於鴟鴞一族，生來擁有通曉過去未來的能力，所以父皇才如此倚重你。」

「我族祕法確實可以上溯時光，但知曉未來一說不過是誤傳，至多只能預卜一線凶吉。」

「那你憑什麼確信神木精魄化形之後，父皇定然能成為天地共主？」

「神木乃是與天地共生的神物，一旦化形，便能運用世間至陽之氣，倒時別說區區水族，就是四方天帝也算不得什麼。」

「長老，你多年來一心一意守著神木，實在是勞苦功高。」熾翼走到那貫穿整座高塔的枝幹旁，用手輕輕地搭了上去。「想必神木化形，一定會對長老言聽計從，報答你的撫育之恩。」

「休要胡說！熾翼，你這是忘恩負義！」長老氣得瞪大了眼睛：「當初要不是我竭力祈求神木，你早被紅蓮之火燒死了！」

「你是怎麼求的？」熾翼清了清嗓子，壓低聲音說：「神木，如今這孩子身負南條之力，日後待他羽翼長成，才是最好的時機。」

「不！不可能！」長老震驚地往後退了幾步，喃喃地說道：「你怎麼會……」

「我在北方邊境遇到了一個烈山氏女子，她曾經在棲梧服侍過我的母親。」熾翼將手收了回來，「當年她聽到了這些話，雖然不明白其中意思，卻覺得不太尋常。」

「侍女？」長老恨恨地吐出一口氣來，「被逐出棲梧的外族猖狂亂語，也能夠當得了真嗎？」

「我沒有當真，直到剛才聽見長老和父皇的談話。」熾翼從火堆找出了一根尚未被點燃的樹枝，「然後我突然就明白了，什麼是『最好的時機』，什麼是『羽翼長成』……長老，難道你的意思是，在我涅槃之後，就是獻祭神木最好的時機嗎？」

「我聽不懂你在說什麼。」長老聲音微微顫抖，「大皇子是涅槃將近，神智不清了吧！」

「我不明白，為什麼你們寧可把興盛火族的願望，寄託在一塊木頭上？」他手中的樹枝慢慢泛出了光亮，「那族人和屬臣們，為了火族四處征戰付出性命，豈不是都成了一個笑話？」

「我是為了火族……」

「到了這個時候，何必再說空話？」熾翼打斷了他，「不是已經把我制住了嗎？」

熾翼腳下，不知何時浮現出了繁複的圖案。

「這是我族自太古傳下的陣式。」長老站在圖案之外，表情複雜地看著他，「就算南條帝君再世也闖不出來，大皇子還是別白費力氣了。」

熾翼放聲大笑。

「蠢貨！」他又突然收起笑容，滿臉的輕蔑不屑。

長老極為惱火，舉起法器催動陣式，但下一刻就朝後飛了出去。

一根帶著火星的樹枝穿透了他的肩頭，將他釘在朱紅色的柱子上。

「懂得微末之技，裝模作樣一番，就真以為自己能左右世界權柄了？」熾翼背負雙手，站在陣式中央，就像是立於鈞天之上，「你躲藏在這片樹蔭之下，可曾見過共工化身神龍絞殺北忽？可曾見過奇練獨抗百夷血染東海？可曾與千萬水族陣前相抗？靠一塊邪法催活的木頭，就自認能滅卻水族……簡直愚不可及！」

「我於觀天之時窺得一絲未來之景，唯有神木化生，我族才有繁盛之望！」

「火族今日有了與東海相抗之力，固然是時運所許，但也是因為我們不願為異族驅策，不願世世代代淪為卑下之臣，多年以來在水族威懾之下苦苦支撐，不曾歸降。」熾翼冷冷地望著他，「我們以後會流更多的血，會死在戰場之上，但絕不會聽從趨奉謀利的無能之輩唆使，拿同族幼兒的性命換取一個荒謬妄想！」

「你……你！」長老被氣得說不出話來，他試圖拔下肩頭的樹枝，但一握上去就發出了慘叫，「放開我！我的作為都是聖君授意，你如此肆意妄為，難道是想學水族皇子篡取聖君神位嗎？」

熾翼抬起手，那根插在長老肩頭的樹枝從尾端爆出一團火星。

「我父皇一時糊塗，才把壯志雄心寄託在妄想之中，如果他看清楚真相，就會清醒過來的。」

樹枝的餘燼落到地上，燃起烈焰，迅速往四周蔓延。

「什麼真相？」長老大聲喊道：「熾翼！你要做什麼！」

「輕易得來共主之位，遲早也會輕易失去。」熾翼低頭看著火焰蠶食腳下的陣式：「萬事萬物變幻不定，真真假假，虛虛實實，能夠依靠的終究只有自己。」

長老終於掙脫了桎梏，他踉蹌著撿起地上的法器，口誦奇怪的咒語，整座紅塔突然搖晃了起來。

一股強大的紅色靈氣從梧桐主枝散發出來，如有形之物盤桓迴繞，然後順著長老法器所指，朝著熾翼直衝而來。

熾翼張開五指，掌心湧出的金色火焰迎了上去。

梧桐精魄幾近成形，力量非同小可。

對峙之中，熾翼衣襟為靈力割裂，頸邊刻印發出了明亮的光芒。

原本落在下風的梧桐精魄被光芒一照，分裂成無數細絲，而後擰成一股，如尖針一般刺破了熾翼的火焰。

熾翼猝不及防，只覺得頸邊一陣疼痛，四肢僵直地往地上倒去。

火焰和靈氣一瞬之間消失得乾乾淨淨。

前一刻還以為就要敗了的長老拿著法器站在原地，看著地上的熾翼，一時間回不過神來。他很快就意識到神木逆反了戰局，不禁大喜過望，可他也發現，神木的精魄居然不見了！

舞動法器卻得不到絲毫回應，一種不祥的預感浮上心頭。

「聖君……得稟告聖君……」他正要施法，一股灼人的熱浪從地面湧了上來。

熾翼一手捂在頸邊，一手撐著地面，慢慢站了起來。

他肩頸上金色的刻印變作了暗紅，鬢邊的頭髮也一綹綹變作豔麗的紅色。

「你……」長老用法器指著他，「你到底做了什麼?神木……神木的精魄到哪裡去了?」

熾翼側頭看了刻印一眼，又抓起變色的頭髮，最後，他張開了手掌。

原本金色的鳳焰，變作了豔麗無比的鮮紅。

「紅……紅蓮……」長老的聲調都變了，坐倒在地上。

在紅色的火光之中，熾翼剛剛生出的紅髮貼著頰邊，化作羽毛的形狀。

「熾翼，你要做什麼？」長老露出驚懼的神情。

熾翼抬起手，赤紅的火焰如同綻開的花朵，於半空跳躍盤旋。

「你要燒了神木……你瘋了嗎？」長老掙扎著爬了起來：「熾翼，快把火滅了！」

熾翼在火焰中朝他微笑。

「鳳凰浴火，須先死才能再生。」火焰從他體內噴薄而出。

「你會毀了棲梧，毀了整個火族！」

熾翼不再說話，靜靜閉上了眼睛。

大火猛烈地燒了起來。

「熾翼？」太淵彎下腰，輕聲地問：「你怎麼了？」
「沒什麼。」他張開眼睛，「只是想起了從前的往事。」
「給你。」太淵把手裡的甜筒遞給他。
他們兩人坐在樹蔭下，一人拿著一個甜筒，蟬鳴聲在傍晚的夕陽裡此起彼伏。
「今日的晚霞真美。」太淵側過頭看著他。
「嗯。」熾翼看著天邊的重重紅霞。
「我是不是做了多餘的事？」
「什麼？」熾翼不太明白。
「因為你看著旅行廣告的樣子，讓我以為你想回來看一看。」
「原來如此。」熾翼嘴角微勾，「我就說你為什麼突然想出來旅行。」
「這裡變了很多吧！」太淵隨他一同看向前方，在日落的餘暉裡回憶著宏偉的南天皇城。
熾翼起身走到平臺邊緣。

「有人對我說過，因為這裡是我的故鄉，所以就算我離開了千年萬年，有一天也總會想要回到這裡。」他趴在欄杆上，腳下是彷彿沒有盡頭的茂密雨林，「但每當我想到棲梧，憶起的都是些不太愉快的事情。」

「果然是我自作主張……」

「不！謝謝你，太淵。」他看著遠方城市的輪廓，恍惚地說道：「雖然沒有什麼值得留戀，但我總該回來……和她道個別。」

站在後頭的太淵目光一凝。

熾翼又一次閉上了眼睛，感覺悶熱的夏風吹過面頰。

「你說的『她』……」太淵終是沒有忍住，「是不是靈翾公主？」

「嗯。」

太淵張了幾次嘴，還是沒說什麼。

「其實我第一次遇見她，是在千水。」熾翼倒是說了起來，「她救了我的命。」

「還有這事？」

「當時我年少無知，覺得殺了共工等於滅了水族，就一個人跑去千水伺機暗殺他……結果當然是沒有成功，幫我逃出來的就是靈翹。」熾翼從口袋裡掏出了菸，「起初北忽帝君想要將她嫁進千水，但共工不願意受昆侖牽制，把她趕回了北野，所以第二次見面，是她嫁給了我父皇祝融。」

「她應該是個美麗又聰慧的女子。」太淵笑得有些勉強。

「樣子很一般，還是個不太機靈的人，所以我一直以為蒼淚是她和共工的兒子。」熾翼低下頭點菸。

太淵的表情已經變得非常難看，而熾翼叼著菸突然轉過身來，他一時來不及掩飾，僵在了當場。

熾翼似笑非笑地看著他。

「我就是有點……」太淵揉了揉下巴，收拾好了表情，「我沒有別的意思，就是聽到你誇讚旁人，心裡鬱悶。」

他多半又開始胡思亂想，熾翼沒有拆穿，笑著靠在那裡吐了個煙圈。

「你是不是一直覺得，我在你身上尋找別人的影子？」在薄薄的煙霧之中，熾翼的聲音輕柔而不真實，「但也許，我最早看到的……」

太淵伸出手，用一陣微涼的清風驅散了兩人之間的曚曨屏障，也打斷了他接下去要說的話。

「不論你那時看到的是誰，現在你看到的是不是我？」

熾翼愣了一下，然後點了點頭。

「那就夠了。反正我再有本事，也沒辦法回到出生之前。」太淵嘆了口氣，「你也知道我心胸狹窄，就讓我獨自嫉妒一會吧！」

走在下山的路上，晚霞映著熾翼鬢邊的紅髮，彷彿時光一瞬倒轉了萬年，回到了不周山旁，那第一次的相見……

「我有沒有和你說過，我第一次見面，便愛上了你……」

熾翼側著頭，回想了一下兩人的初次見面。

「我當然是知道的。」想起那個被自己拎在手裡的小小太淵，他忍不住笑了起來。

笑聲在風裡傳了很遠，太陽也終於落了下去。

遠處的城市漸漸明亮起來，古老的森林陷入了沉睡。

在黑暗更深處，一截帶著焦痕的枯枝，小心翼翼地伸展著萌生的新芽，正慢慢地，慢慢地，朝著充滿生機的廣闊天地而來。

——番外〈山木有枝〉完

高寶書版集團
gobooks.com.tw

BL025
焚情熾之焚心

作　　者　墨　竹
繪　　者　Leila
編　　輯　林紓平
校　　對　任芸慧
排　　版　彭立瑋

發 行 人　朱凱蕾
出　　版　英屬維京群島商高寶國際有限公司臺灣分公司
　　　　　Global Group Holdings, Ltd.
地　　址　臺北市內湖區洲子街88號3樓
網　　址　www.gobooks.com.tw
電　　話　(02) 27992788
電　　郵　readers@gobooks.com.tw（讀者服務部）
　　　　　pr@gobooks.com.tw（公關諮詢部）
傳　　真　出版部　(02) 27990909　行銷部 (02) 27993088
郵政劃撥　50404557
戶　　名　三日月書版股份有限公司
發　　行　三日月書版股份有限公司/Printed in Taiwan
初版日期　2019年9月

國家圖書館出版品預行編目(CIP)資料

焚情熾：焚心 / 墨竹著.-- 初版. -- 臺北市：高寶國際, 2019.09-
冊；　公分. --

ISBN 978-986-361-718-1(平裝)

857.7　　108010398

三日月書版

三日月書版

GOBOOKS & SITAK GROUP ©